La fragilidad
de las panteras

Esta obra ha sido finalista del **Premio Primavera 2010,**
convocado por Espasa y Ámbito Cultural
y concedido por el siguiente jurado:

Ana María Matute
Ángel Basanta
Antonio Soler
Ramón Pernas
Ana Rosa Semprún

María Tena

La fragilidad
de las panteras

ESPASA

ESPASA ⓔ NARRATIVA

© María Tena, 2010
© Espasa Libros, S. L. U., 2010

Ilustración de cubierta: © *Woman in Cheetah Turban*, 1959.
Condé Nast Archive/Corbis/Karen Radkai
Diseño de cubierta: María Jesús Gutiérrez

Depósito legal: Na. 892-2010
ISBN: 978-84-670-3324-3

Espasa, en su deseo de mejorar sus publicaciones, agradecerá cualquier
sugerencia que los lectores hagan al departamento editorial por correo
electrónico: sugerencias@espasa.es

Impreso en España/Printed in Spain
Impresión: Rodesa, S. A.

Espasa Libros, S. L. U.
Paseo de Recoletos, 4
28001 Madrid
www.espasa.com

El papel utilizado para la impresión de este libro es cien por cien libre de cloro
y está calificado como **papel ecológico**

I

ITZIAR

1

Se mira en el espejo del armario y sólo ve sus pechos. Crecen separados del resto de su cuerpo y, cuando la puerta gira, parecen aún más grandes. No puede controlarlos.

—Cuando seas mayor tendrás que ponerte ropa oscura —le dijo ayer Mamá. Era su cumpleaños. Así que no estrenará la camiseta roja que ella le regaló. Mejor para Laura.

Ahora escribe su diario entre las sábanas del sofá cama apoyada en uno de sus brazos. Lo hace despacio, con letra redonda y grande, como si dibujase un mapa de su vida. De mayor quiere ser escritora. Junto a la mesilla siempre tiene un libro de poesía, Papá se los deja. Una manta de lana azul le sirve de colcha. En la esquina opuesta, Laura y Tere están metiéndose en las literas. Hace calor.

La habitación da al patio. En ese momento, la vecina del quinto ya ha apagado la radio y en el aire quedan restos de amores perdidos, consejos prácticos para recuperar a un marido infiel, recetas de tartas que nadie cocinará, cremas milagrosas para las arrugas más rebeldes.

Las vecinas del cuarto A y del tercero B han dejado su conversación colgada en las cuerdas de la ropa. Ya no sube hacia el sexto el olor a pescado frito, desapareció en cuanto el sol se fue, ni el vapor de ese tubo que sale a media pared y que huele al gel de ducha de la pareja del segundo.

Aun así, a la ventana del dormitorio de las niñas todavía llega, a través del patio, la luz de neón de la cocina donde el lavavajillas acaba de apagarse tras un naufragio de platos con salsa de tomate y trozos de canelones.

Itziar mira a Laura. Qué suerte tiene, piensa mientras observa los pequeños botones rojizos que se le transparentan bajo el camisón. También admira las pecas que se concentran en su nariz. Cuando alza los brazos e improvisa un moño para que no le moleste el pelo en la almohada, Itziar piensa que su hermana es más guapa que Grace Kelly. Se levanta de la cama y vuelve a mirarse de perfil a ver si en ese rato le han vuelto a crecer.

Las paredes del dormitorio están cubiertas de un papel de ramas y de flores. Como si los muebles tuvieran un jardín al fondo. Contra las paredes, hay tres pequeñas mesas rectangulares idénticas, como las de los tres ositos, tres lámparas diminutas y tres sillas de enea con tres cojines. Dentro del armario hay una balda para cada una.

Cuando apagan la luz, hablan de las amigas, de los chicos, del cole.

Tere, la pequeña, calla, pero Itziar sabe que escucha desde la litera de arriba las palabras de las mayores y las guarda como monedas. Hace unos días la vio en el recreo. En medio de cuatro niñas, era el centro de la conversación.

—Si me quiere que se lo curre, como dice mi hermana Itziar —la oyó decir imitando su voz. Y, sin venir a cuento, intercalaba palabras como novio, gustar, celosa o traición.

Le da pena Tere. Como es la menor, en su balda no hay más ropa que la que hereda. Y siempre le está estrecha. Es la más grande de las tres y Mamá no se entera.

Pero hoy sus tres camisones de algodón blanco son iguales y siente que Laura y Tere se parecen a ella. Sus voces son idénticas.

Apagan la luz y las palabras se hacen lentas. El sueño trae el silencio a la habitación oscura. Pero Itziar no duerme. La luz del patio juega sobre las persianas entreabiertas.

Se oye un portazo.

Sabe que es su madre. Le sorprende porque hoy estaba tranquila. Hasta que Papá llegó, hacía punto delante del televisor y les dio un beso cuando se fueron a la habitación. Incluso le acarició el pelo con dulzura y le dijo:

—No te quedes mucho rato. Todavía tienes tres días para el examen. Además, la luz molesta a tus hermanas.

Le asombró que lo recordase. Ya nunca le habla del colegio.

Ese estrépito en el pasillo le da mala espina. Un ruido sordo que expresa una ira incontenible. Ninguna responde. Papá ha debido de llegar y está fumando su pipa al otro lado de la casa. El olor conocido impregna las paredes. Es imposible que desde ahí lo oiga. Así que el portazo de Mamá es para ellas, su único público en un teatro vacío.

Las tres siguen en silencio, como si nada. Puede que estén dormidas, piensa Itziar. O quizá que cada una calla para que las otras no oigan la pelea.

Siempre que tiene miedo aparece la casa del norte. Allí transcurrieron sus primeros años, unas vacaciones largas. Aunque la lluvia empapase el jardín, todo el año era verano. Y nunca oyó los gritos.

Al llegar a Madrid todo cambió.

Ha encendido la luz pequeña de la mesilla y ahora teme apagarla, pero, si no lo hace, sus hermanas se despertarán. No es la primera vez que, a través del tabique que une los dos cuartos, se retransmite la bronca. Las palabras duras se repiten igual que los programas de radio de la vecina del quinto.

Su padre, que es alto, poderoso, seductor se convierte en un ratón en esas riñas nocturnas. Lo imagina como un dibujo animado.

Diminuto, escondido debajo de la cama, tapado por la alfombra.

Siempre es igual. Primero trata de evitar el estallido, luego contesta con frases cortas que, desde el otro lado, Itziar apenas alcanza a distinguir. Sólo se escucha clara la voz furiosa de su madre.

Decide apagar la luz pero no se duerme. Cuando Papá llegue a la habitación contigua empezarán los truenos y tiene que proteger a sus hermanas.

De pronto, suena el ruido metálico del ascensor que da al pasillo del patio. Alguien lo ha llamado. Al asomarse, ve la sombra de su padre que se va.

Le está entrando el sueño. Cuando el ascensor la despierta de nuevo no sabe bien cuánto tiempo ha pasado. En el patio todavía es de noche.

La puerta se abre y se tranquiliza. Su padre ha vuelto a casa. Pero no. Es un hombre también alto, también rubio, un poco más grande. No son gemelos, pero su padre y el tío Luis se parecen tanto que, cuando están juntos, no pueden negar que son hermanos.

La casa está en silencio y no comprende cómo su tío ha entrado al portal sin hacer ruido. Y qué hace aquí a estas horas, se pregunta. Pero puede que no sea él. O quizá sí.

Cruje la madera del pasillo e Itziar entreabre la puerta. Un olor a lavanda le llega desde fuera. El aroma borra el rastro de la pipa de Papá. Desde esa rendija oye que la puerta de la habitación de sus padres se abre muy despacio.

Su madre murmura al otro lado:

—Entra, date prisa.

Después de unos minutos se oyen suspiros sofocados, gritos leves, un vaso que se cae. Ella no puede dormir. Tiene frío y se tapa con la manta azul doblándola en el borde para que la abrigue más. Debe de ser muy tarde, seguro que se ha quedado dormida. Y en las madrugadas siempre refresca. No entiende lo que está pasando al otro lado de la pared floreada. Pero no es una pelea.

A las cinco, el alba aclara en los cristales. El ascensor suena de golpe y, como un tren que entra en la estación, irrumpe en su sueño.

Una silueta familiar abandona la casa como en una repetición. Parece su padre otra vez, aunque no está segura.

Sus hermanas duermen, lo nota por su respiración acompasada. Sólo ella, debajo de su manta azul, mira el papel de las paredes que ahora se deforma como un jardín tronchado por la tormenta.

2

—Se te ha caído —gritó Tere.

Su voz vibrante rompió el cristal de la siesta y despertó a sus hermanas.

Tumbada al sol, envuelta en una toalla inmensa, señalaba la oreja de Laura. Itziar pensó que su hermana pequeña hablaba tan alto sólo para hacerse ver debajo de la toalla.

Recuerda que cada vez que Mamá la hacía bajar a la playa y la obligaba a quitarse los vaqueros, Tere se enrollaba alrededor del pecho esa sábana de felpa azul marino que la tapaba hasta los pies. Nunca se desprendía de ella hasta que, justo en la orilla, se metía corriendo en el agua para que las salpicaduras disimularan sus muslos excesivos, su cintura inexistente, sus tobillos anchos.

Ahora, todo lo que intentaba tapar asomó en ese grito.

—¿Qué dices? —dijo Laura sin moverse ni abrir los ojos, acostumbrada a los gritos de Tere.

—Que te falta un pendiente. Mamá se pondrá furiosa.

—Pues que no se empeñe tanto en que los use. Odio estas antiguallas —contestó de nuevo Laura sin inmutarse, llevándose con lentitud la mano a la oreja.

15

—Pero eran de la abuela —dijo Itziar—. Son muy valiosos.

Se los había regalado tío Luis. En la otra oreja permanecía un pendiente de oro del que colgaba una perla antigua.

Itziar se dio cuenta de que Laura simulaba dormir debajo del toldo. Lo suyo era por las pecas. En cuanto le daba un rayo de sol, su cuerpo se teñía de rojo.

—Mírame, soy una peca con patas —le había dicho Laura un rato antes.

Pero jamás se escondía, al revés, yacía sobre la arena con la melena roja extendida sobre una toalla turquesa y era tan delgada y tan alta que parecía una diosa transparente. Casi desnuda era elegante. Itziar se preguntó de nuevo cuál sería su secreto.

A ella en cambio le encantaba tumbarse horas al sol. Se había comprado un aceite de zanahoria que acentuaba su color de piel y que le daba brillo. Todos los chicos la tocaban para, decían, probar ese pringue. Su cuerpo era su enemigo, recordaría Itziar muchos años más tarde. Ninguna de las tres se sentía a gusto en él.

Los veranos eran Fuenterrabía. Itziar volvía a la casa del norte como si nunca la hubiera abandonado. El hogar era esa humedad de las sábanas después de tantos meses, el olor a moho de iglesia antigua en los armarios, las hortensias del jardín, los peces, el estanque y la playa larga donde se reencontraba con la pandilla después de todo el invierno como si se hubiesen visto ayer.

Cuando Tere gritó, Mamá era un punto lejano que paseaba por la orilla, así que no pudo oírla. Ese día estaba de buen humor, por eso decidieron ocultárselo y las tres se pusieron a buscar el pendiente. Papá no era problema, estaba trabajando en Madrid y sólo aparecía los fines de semana.

Pero se va a poner furiosa, pensó Itziar.

—¿Cómo se te habrá caído? —volvió a preguntarle a Laura mientras revolvía la arena cerniéndola con un cubo de plástico debajo del toldo, junto a las cestas, alrededor de la toalla inmaculada de su hermana.

En ese momento apareció la pandilla y todos se pusieron a buscar entre la arena. Acabaron en el agua. Todos, salvo Iñaki. No le gustaba bañarse, también tenía la piel muy blanca y odiaba quitarse la camiseta. Era el único que no era de Madrid, eso le hacía diferente.

Mamá tenía mucha prisa aquella tarde, así que enseguida se fueron de la playa.

De esa noche recuerda lo guapa que estaba Mamá con el rubor del sol todavía en las mejillas y el pelo mojado y brillante después de la ducha. La llegada de tío Luis en su Mercedes enorme, su abrazo a las niñas y el beso un poco más largo en la mejilla de Mamá.

A Itziar le encantaba ese olor a especias en la cocina, la botella de vino abierta, las servilletas de hilo, los platos de la vajilla inglesa de las grandes ocasiones. Mamá había dado permiso a la muchacha, así que ella misma puso un besugo grande en el horno con ajo, perejil y guindilla. Su olor les llegaba a la mesa mientras tío Luis les contaba el calor de Madrid y las calles vacías en agosto.

—Sólo llevas un pendiente —dijo de pronto tío Luis. Estaba sentado junto a Laura y se inclinó sobre ella tocándole el lóbulo vacío.

—Lo ha perdido —contestó Tere. Volvía a levantar la voz. Esta vez a Itziar le sonó como una acusación—. Ha sido hoy, en la playa.

—¿Cómo que lo has perdido? —dijo Mamá, que volvía de la cocina con un gran bol de ensalada verde.

—Eran de mi madre —explicó tío Luis—, te los regalé porque eres la que más se parece a ella.

—Son antiguos, joyas de familia, no pueden perderse —añadió Mamá.

—¿Y qué queréis que haga? —Laura estaba a punto de llorar.

—Lo hemos estado buscando toda la tarde…—dijo Itziar.

—Por la noche subirá la marea y se lo llevará —murmuró Tere.

De esa noche también recuerda que fueron tío Luis y Laura quienes recogieron la cena, y que cuando Itziar se acercó a la cocina con un plato olvidado vio que la mano de él se deslizó un momento por el cuello de su hermana como si estuviese buscando el pendiente o consolándola. Tío Luis adoraba a Laura, era su preferida.

—Mañana lo buscaremos —dijo Mamá cuando volvieron a estar todos juntos en los sofás del salón—. Tío Luis y yo vamos al Casino, volveremos tarde. —Había vuelto a cambiarse y ahora llevaba un traje negro muy ajustado con un escote amplio, tacones altos y un pañuelo de seda roja sobre los hombros como un chal prendido con un broche de diamantes.

Cuando Papá llamó y supo que el tío Luis había llegado, le dijo a Itziar:

—Dile a tu madre que este fin de semana no puedo ir, tengo trabajo. Que ya le contaré.

Y colgó enseguida.

También recuerda que días después vio un brillo que podía ser el pendiente de Laura que asomaba del bolsillo de Iñaki. ¿Se lo habría robado? Todos en la pandilla sabían que moría por ella, pero ¿había sido capaz de quedarse con esa joya que tanto habían buscado aquel día de playa? No se atrevió a contarlo y el recuerdo del pendiente se perdió en la cabeza de Itziar, lo arrastró la marea de aquella noche en la que, de nuevo, oyó a Mamá y a tío Luis entrar de madrugada.

3

A los doce años, Itziar empezó a tener problemas con la blusa blanca del uniforme. De repente no conseguía abotonársela y, al poco tiempo, vio con horror que debajo de la tela ligera se le marcaban los pezones. Cuando, mucho después, se quedó embarazada, se juró que sus hijos nunca llevarían uniforme.

Hoy, mientras ordena el armario de los niños, se vuelve a mirar al espejo y sus curvas le gustan. Se ha puesto una falda estrecha y sus caderas, cuando se sienta y cruza las piernas, se marcan debajo de la tela negra; la raja de detrás hace que al caminar sus piernas puedan moverse con soltura.

Ya sabe manejar sus pechos grandes y conoce su fuerza, el efecto que ejercen en los hombres. Ahora son algo de lo que presume. Hoy lleva una blusa escotada de seda verde y una cadena de oro larga que cae de su cuello, se pierde hacia abajo y señala un camino.

Pero aún odia los uniformes.

Mamá las quería uniformadas, por eso las llevó a ese colegio. Y también los fines de semana las tres hermanas iban vestidas con la ropa idéntica que ella les compraba.

Aquel día hizo calor, el curso se estaba acabando. Por la tarde tenía la blusa sudada y se le transparentaba la camiseta que se había puesto para disimular su pecho. Nunca le perdonó a Mamá que los chicos la señalaran en el recreo, en la clase y hasta en la calle al entrar y al salir del colegio. Recuerda que ese día, cuando sonó el timbre, decidió que no iría al parque. Estaba harta de esa rutina.

—Pero vuestra madre dijo que fuéramos —dijo Felisa, la muchacha, que estaba esperándolas.

Odiaba el polvo de ese parque. Tampoco le apetecía tener que tragarse el pan con chocolate con sabor a ladrillo que siempre llevaban de merienda.

—Hoy no. Os invito a un polo, tengo el dinero de mi fiesta —dijo Itziar, que acababa de cumplir trece años.

—Es que he quedado —insistió Felisa.

A Itziar le sorprendía que Felisa se pintase los labios para ir a buscarlas al cole y que, a medida que se iba acercando al parque del Oeste, se desabrochase poco a poco los botones blancos de la bata de algodón hasta el principio del pecho. Le producía curiosidad ese novio delgado y ansioso que cada tarde estaba esperándola en el mismo banco, junto al sauce llorón. Cómo será tener un novio que te mire así las tetas, se preguntaba.

—Un día es un día —dijo Laura.

—Un polo, un polo —gritó Tere como un eco de las mayores.

Por fin Itziar convenció a la chica de que pasearan un rato por Princesa.

Ahora las tres hermanas, cuya estatura dibujaba una escalera perfecta, iban tapando la acera cogidas de la mano. Falda gris de tablas con tirantes, blusa blanca, medias azul marino, zapatos negros de cordones.

—Por la calle no os soltéis —dijo Felisa.

Otra orden de Mamá.

Sufría amarrada a las pequeñas, se sentía ridícula, seguro que los que pasaban las observaban y se reían de esa cadena de presas. Tan alta al lado de ellas. Le pesaba su pecho, que se hacía aún más grande junto a los pechos lisos de Laura y Tere. La falda le estaba corta, no lograba mantener las medias de lana en su sitio y tenía los zapatos llenos de polvo. Hasta el elástico de las bragas parecía dado de sí, sentía que se le estaban a punto de caer. Y seguro que se le notaban los rodetes de sudor debajo del brazo. Se olía.

Pararon en el quiosco y compraron cuatro polos. El suyo era de fresa.

Al probarlo, su lengua rescató toda la frescura que le faltaba a aquella tarde. En el reflejo de los escaparates los labios rojos la hacían mayor. Por fin empezaba a encontrarse bien.

—Si os mancháis, Mamá lo notará —dijo la muchacha mientras miraba sostenes negros de encaje a través del cristal de una corsetería y les daba la espalda.

Hoy era la mancha roja de la fresa; otros días, la suciedad de la cancha de vóley, las manos de los niños que intentaban tirarle de la coleta, el olor del cigarrillo que ella y sus amigas fumaban en el cuarto de baño. En su blusa blanca siempre se notaban los pecados.

Felisa entró en una tienda con sus hermanas e Itziar prefirió esperarlas fuera. Quería saborear su polo despacio, que no se le acabara tan pronto.

A lo lejos, entre la gente que iba de espaldas por la misma acera, divisó un vestido rojo que se movía al ritmo de unas caderas rotundas. La mujer estaba cerca, pero se iba alejando. Primero reconoció sus tacones altos; luego, la melena negra.

No estaba segura y, antes de comprobarlo, se puso a correr detrás de ese vestido. Había mucha gente en la calle pero pudo distinguir al tío Luis que caminaba a su lado, muy cerca, como si fuera tomándola del talle. Los tenía lejos, y poco a poco consiguió acercarse.

Por un momento, aminoró la marcha. Dudó. Pensó que Felisa se preocuparía, que sus hermanas iban a salir de la tienda, que se iba a perder.

¿Y si se alejaba demasiado? Enseguida miró otra vez hacia delante. El traje rojo se distinguía bien. La falda balanceándose como un abanico, el brazo del hombre en su cintura. Creyó que su madre la reñiría por no haber ido al parque. Aun así, les persiguió sin saber hacia dónde iban. Ahora empezaba a cansarse y a ratos dejaba de verlos. Sintió que los perdería.

—Mamá, Mamá —murmuró muy bajo mientras avanzaba. Pero le faltaba el aire y no conseguía levantar la voz. Aunque gritara, sus palabras no les alcanzarían. Tenía calor, sudaba.

De pronto su madre se dio la vuelta entre la multitud y la miró a los ojos. Ahora sólo las separaba una manzana. Itziar, en un giro que no controló, desvió la mirada y fingió no verla. Tuvo miedo. Se detuvo y escondió la cara en el reflejo de un escaparate. Y apretó el palo de madera del polo que ahora le estorbaba en la mano.

Mamá volvió a mezclarse con la multitud y siguió andando junto al tío Luis. A Itziar le pareció que más deprisa. Su pelo ahora se movía agitado por un soplo de aire repentino. Como si allá lejos se hubiera levantado una tormenta o se hubiera abierto una ventana al mar.

Cruzó la calle y su figura todavía reapareció por un momento, pero sólo fue un reflejo rojo en la vidriera. Una llamarada. Ya de lejos, la vio girar la cabeza una vez más. Ahora la sombra del tío Luis se borraba, vio que caminaba separado de ella, como si no se conociesen.

El hielo rojo empezó a derretirse y, al moverlo, cayó como un río de sangre por el borde del cuello blanco de su blusa. Se había ablandado y también le manchaba las manos, dejándolas pegajosas.

Volvió sobre sus pasos y, después de unos minutos, vio de nuevo a sus hermanas en la puerta de la tienda.

Las pequeñas no notaron su temblor, pero al verla preguntaron:

—¿Por qué corrías?

Sin aliento, entró en la tienda.

—Vámonos, que me están esperando —dijo la muchacha terminando de abrocharse el pantalón—. Esta tienda es un robo. —Y luego, mirándola a los ojos—: ¿Qué te pasa?, estás muy colorada.

—Déjame terminar el polo —contestó Itziar más tranquila, y salió de nuevo.

Mientras se apoyaba en la cristalera sorbiendo los últimos restos de fresa, respiró hondo y comprobó que la multitud se había tragado a las dos figuras. En la acera quedó pegada una mancha roja y viscosa.

Esa tarde decidió que no volvería a ponerse la misma ropa que sus hermanas.

Cuando volvieron a casa, Mamá no dijo nada. A partir de ese día, Itziar y ella sólo intercambiaron silencios.

Al día siguiente, cuando Mamá salió, Itziar se metió en su armario. Quería ver de cerca el vestido rojo, olerlo. El perfume de lavanda del tío Luis la alcanzó de lleno.

Años después recuerda esa llamarada sobre el vidrio del escaparate como una alarma que la prevenía contra las verdades de su madre. Junto al escote todavía estaba prendido el broche de Cartier, una pantera con ojos de rubíes y cuerpo de diamantes que Mamá jamás usaba. La joya de familia que Papá le regaló por la pedida. Ni siquiera había tenido tiempo de quitárselo.

A partir de entonces, si Mamá decía: «Me voy de compras», un relámpago rojo estallaba en el cerebro de Itziar. Si llegaba tarde por la noche y decía: «He estado con unas amigas», la niña se daba la vuelta en la cama, sin mirarla. Pero el brillo rojo no la dejaba dormir.

Y no volvió a darle un beso.

Cuando una vez sus uñas rojas se acercaron para ayudarla a anudarse los cordones de los zapatos levantó el pie y se las pisó, fingiendo un paso en falso. Desde entonces, Mamá evitaba tocarla.

Igual que un paisaje hace una infancia, esa quemadura encarnada conformó su personalidad. No quería ser como su madre. Pero que su padre no se enterase, que sus hermanas no se dieran cuenta, que el mundo en el que ahora vivían siguiese igual que en la casa del norte.

Hasta que se mudaron a Madrid, las niñas habían ido al colegio del pueblo y el resto del día lo pasaban en la playa, yendo a pescar a la Marina o en casa, junto a los manzanos del jardín y el estanque de los peces colorados. En aquella época, Papá iba todas las mañanas a trabajar a Irún y esperarle por la noche era una fiesta. Mamá era otra. Él había heredado esa inmensa casa de piedra de sus padres. El tío Luis, como era el mayor, se quedó con el título y con el piso de Madrid, un resto del palacete de la calle Zurbano que en su día fue de la familia. Allí, entre paredes enteladas y muebles isabelinos, vivía solo con un criado.

Itziar se pregunta hoy por qué guardó el secreto del vestido rojo. Quizá pensó que si no lo contaba podría recuperar ese paisaje perdido.

Ahora que le gustan tanto los hombres comprende mejor a Mamá. Ha heredado de ella esa necesidad de gustar, de seducir con el movimiento de las caderas, con los colores de la ropa. Por eso siempre la miran por la calle, sabe balancearse. Tomás es el único que no parece darse cuenta de que sus pechos cantan, de que sus ojos buscan.

Pero entonces fue la primera que vivió la separación de su familia, el exilio. El segundo fue Papá.

4

—¿Está ya la cena? ¿Han llegado las niñas? —preguntó.

Papá acababa de entrar en la casa y lo dijo mirando hacia el pasillo sin quitarse el abrigo ni saludar. Parecía hambriento.

Aquella noche, hace ya muchos años, recuerda Itziar, le brillaban los ojos. Su emoción se notó en sus pasos apresurados sobre la tarima de madera cuando atravesó el hall. Él siempre llegaba el último, así que ese día fue especial porque, mientras esperaban a que se calentara la sopa y la salsa de la carne, seguía moviéndose arriba y abajo por el pasillo, se acercaba a la biblioteca y ponía algunos libros en un montón. Incluso, en un movimiento que a Itziar le pareció extraño, cogió la escalera y abrió el altillo de la despensa para bajar sus maletas de cuero. Papá nunca había dejado de usar esas maletas de piel curtida y muy flexible que parecían bronceadas por el sol de muchos veranos. A esas alturas ya estaban desgastadas de tanto aeropuerto, de tanta bodega de avión y tanto mozo de hotel. El cuero estaba rayado y descosido, pero a él le gustaban, y cuando ya no aguantaban más, la muchacha se las llevaba al zapatero y así volvía a usarlas. Las puntadas sobre el cuero eran los mapas de sus viajes. Ese día, mientras las repasaba con los ojos, preguntaba a cada minuto:

—¿Podemos comer? ¿Están ya las tres?

Cuando por fin se sentaron a la mesa, volvió a levantarse como si no pudiera estarse quieto. Sin darles tiempo a reaccionar, fue al aparador, sacó las copas altas de cristal de Bohemia y puso una delante de cada una de las niñas y otra a Mamá. Se sentó y de nuevo se levantó. Esta vez trajo de la nevera una botella de champán que estaba allí desde las navidades y les sirvió a cada una un dedo de líquido espumoso y muy frío.

—Vamos a brindar —dijo, levantando la copa.

—¿Nos ha tocado la lotería? —preguntó Mamá con esa media sonrisa de mármol que siempre ponía cuando él intentaba ser amable.

—Casi —dijo Papá—. La empresa ha ganado un concurso de ingeniería para hacer un nuevo puente sobre el río Paraná en la confluencia con el río Uruguay. —Se había acercado la copa a los labios y las niñas también habían bebido un sorbo de las suyas, pero Mamá seguía sin tocarla.

Cuando se sentaron, Felisa había traído la sopera de porcelana blanca. Itziar sentía el olor de la crema de calabaza y veía el humo fino, casi imperceptible que la sopa respiraba, pero se dio cuenta de que se estaba enfriando.

—Qué gran noticia para tu jefe… —volvió a decir Mamá, esta vez sin sonreír.

—Me han encargado que lo construya —dijo él sin dejarla terminar.

—¿A ti? —preguntó Mamá incrédula.

La sopera permanecía quieta en medio de la mesa.

—Tengo hambre —dijo Tere.

—¿Quieres que sirva la sopa? —preguntó Itziar a Mamá.

—Mi equipo hizo el proyecto que ganó —siguió diciendo Papá mientras empezaba a servir la sopa de calabaza en los platos hondos de las niñas.

—¿Y tú has aceptado? —volvió a insistir Mamá rechazando la sopa como si todavía no se lo creyera del todo.

—Entonces nos iremos a vivir allí —interrumpió Tere.

—Yo no —dijo Mamá de inmediato. A Itziar le chocó su respuesta tajante.

—Pues yo me voy contigo —dijo Laura.

Itziar volvió a pensar que por qué no le dejaban hablar, que todavía no había explicado en qué consistía el proyecto ni cuándo tendría que construirlo.

Pero a Papá le daba igual, sonreía, sus ojos brillaban y se había levantado a abrazarlas como si fuera su cumpleaños.

—Me voy a echar, me duele la cabeza —dijo Mamá esquivándole.

—¿Cuándo nos vamos? —insistió Tere en cuanto Mamá desapareció por el pasillo y puso de nuevo el plato para que Papá volviera a servirle.

Entonces él se sentó y se puso serio.

—Por ahora me voy solo. Al principio tendré que estar viajando entre Uruguay y Argentina. Pero no os preocupéis, vendré cada poco tiempo y, cuando pueda, os llevaré conmigo.

Eso fue hace años, eran unas niñas. Y la cara que él tenía aquella noche ya no es la misma. Aunque, cuando viene desde su exilio, todavía se mantiene despierto y entusiasta, el tiempo ha trabajado en su piel y le ha quitado ese color rojizo de los que pasan mucho tiempo al aire libre. Ahora está pálido y las pecas de las manos se han convertido en manchas. Sigue siendo alto y delgado, aún le sienta muy bien la ropa, pero cuando se mueve respira muy fuerte y sus hombros, cuando está sentado, parecen vencidos.

En Altamirano, es una visita más. Duerme en la casa de algún amigo y suele invitar a sus niñas, como las sigue llamando, a comer en algún restaurante de Madrid. Pero nunca se queda. Y al final de las conversaciones, en las despedidas, siempre dice que pronto va a volver. Lo hace como una cláusula de estilo, como quien anuncia un futuro lejano e improbable en el que no cree. Itziar sospecha que hasta que Mamá no desaparezca, no vendrá a quedarse.

A pesar de eso Itziar y Tere, ya adultas, también dicen, sin venir a cuento, cada vez que se reúnen: «Cuando vuelva Papá». Saben que esa frase no es más que la expresión de un deseo imposible, pero les da seguridad escucharla. Sólo Laura se queda callada en esas ocasiones.

Itziar no comprende por qué Laura no contesta cuando se habla de Papá. Quizá todavía se siente traicionada. Ella sabe por qué se fue y piensa que ese puente fue un premio que se merecía. Tantos años fiel a la misma empresa, a la misma mujer. También cree que no volverá a vivir en España, aunque es un pensamiento que tiene aparcado. Algo en lo que no le gusta detenerse.

Mamá nunca se ha quitado el anillo de casada. El oro brilla como el día de la boda en sus manos delgadas. Y siempre habla de «mi marido» y de que volverá de

Uruguay cuando se jubile. Las hermanas saben que Papá dejó de trabajar hace ya cinco años y que vive en Montevideo con otra mujer menos elegante pero más dulce y más joven que Mamá.

En casa, ese detalle jamás se menciona. Nadie quiere imaginar un papá que viva con otra.

5

Muchos años después del primer viaje de Papá, lo que más le gusta a la Itziar adulta es el momento en que se apaga la luz y la película está a punto de empezar. Ese instante único en el que va a inaugurarse el mundo. Su manera de entrar en las vidas ajenas es ir al cine. Así retrasa el proceso contrario, el comienzo ineludible del fin de semana en el que las vidas de los otros se adueñarán de la suya. En casa está repartida y cada uno pide su ración de tarta. Una tirita, dónde guardamos las tiritas. Un bolígrafo que escriba, qué hacemos esta tarde, qué hay de cena, qué compro en el mercado, la calefacción no funciona bien…

A veces se olvida de lo que es estar sola. Un planeta cuya órbita sólo existe para reflejar a los otros.

Por eso va todos los viernes a la sesión de las cuatro.

Con el tiempo, esa cita semanal se ha convertido en la hora del recreo. Las salas oscuras que de pronto se iluminan con una historia completa son su guarida. Un sitio anónimo que considera su casa.

Sabe que más tarde, nada más llegar a casa, Tomás le volverá a preguntar de dónde viene y le reprochará que también trabaje los viernes por la tarde.

—Si son sólo las siete —contestará ella mientras le oculta el pecado de haber visto una película a solas.

Y se sentirá un poco culpable por haber pasado un rato feliz sin necesidad de confesarlo, sin que los niños la interrumpan y, sobre todo, sin tener que compartir los comentarios con Tomás y comprobar de nuevo, al final de cada película, que pertenecen a galaxias diferentes.

—No me digas que te ha gustado —le dijo la última vez que fueron juntos—. Este bodrio no te ha podido gustar.

—Es una obra maestra —contestó ella sin inmutarse porque sabía de antemano que no la entendería.

Habían visto *Dublineses*, de Huston, y ella salió del cine secándose los ojos. Él creyó que tenía sueño.

—Pero si en toda la película no pasa nada en absoluto.

—Por eso mismo —dijo, y, cuando le oyó reír, se arrepintió de haber ido con él.

Esa noche en Madrid hacía el mismo frío que en el Dublín de Joyce, y el carruaje tirado por caballos era un Audi gris donde se sintió tan sola como la Gretta del cuento.

Por eso necesita esos viernes. Sólo respira bien en esos paréntesis de tiempo gratuito, sin sentido y sin objeto. Le gusta ir sola, lo necesita. Y siempre se sienta en las primeras filas.

Así le conoció. Era el final del invierno. Ponían una de Ken Loach.

Aquel día llegó antes de que apagaran la luz de la sala y se sentó en la fila siete.

Que nada me distraiga, que la pantalla me abrace, pensó como cada viernes.

Al otro lado del pasillo, en la misma fila, había un hombre grande y delgado con la cabeza enterrada en un periódico. Se fijó en él porque llevaba gafas negras y una barba a medio crecer y parecía escondido detrás de las hojas enormes de *El País,* sin embargo, en cuanto la vio, levantó un instante las gafas, la miró y siguió leyendo. Le pareció que detrás de esa pared de papel ocultaba un pitillo. Ella se quitó el abrigo y apagó el móvil. Le devolvió la mirada durante un segundo pero, enseguida, se apoyó sobre el respaldo y se enfrentó a la pantalla vacía. Apagaron la luz y notó, sin necesidad de mirarle, que él, ya sin gafas, todavía la observaba desde su sitio con la cabeza ladeada.

Cuando la pantalla se iluminó volvió otra vez la cabeza con disimulo. Le conocía, ¿dónde le había visto? Al empezar la película le olvidó.

Ya en la calle notó que se le acercaba por la espalda y casi al oído le dijo:

—Itziar. ¿Eres Itziar?

—Perdona, pero…

—Hace muchos años que no nos vemos. La última vez fue en el Alarde, en Hondarribia. Yo era de la pandilla de Laura.

—¿Aquel Iñaki de Fuenterrabía?

—Es Hondarribia. Y tampoco estoy tan viejo —dijo él mientras le ofrecía un cigarrillo y encendía otro como si quisiera alargar la conversación.

Hacía tiempo que un hombre no la miraba con esa curiosidad. Sus ojos enormes y verdosos eran líquidos, intensos. No supo reaccionar.

—Perdona, tengo prisa, pero le diré a Laura que te he visto. Vive en Bruselas.

—¿Y se ha casado?

—Es que me tengo que ir, te doy mi móvil y hablamos en otro momento —dijo Itziar escribiendo su número de teléfono en un papel. Y de pronto añadió—: Igual volvemos a coincidir, yo voy todos los viernes al cine.

Y enseguida, mientras volvía a casa en su Volkswagen blanco, se preguntó por qué le había revelado a él ese secreto que no sabían ni sus mejores amigas.

—¿Qué vas a ver esta tarde? —la voz de Iñaki sonaba muy cercana en su móvil. Eran las nueve de la mañana y era viernes.

—Ponen una de Bergman en la Filmoteca —contestó ella sin titubear, como si hubiera estado esperando esa llamada, y, con la misma naturalidad, le esperó en la puerta del cine y le dio dinero para que sus entradas estuvieran juntas.

Cuando acabó *Escenas de un matrimonio* caminaron hacia la terraza de las Vistillas. Después de sentarse y pedir unas cañas, se quedaron callados. Madrid, en el principio de la primavera, se caía por las cuestas, el cielo enrojecía y la contaminación peleaba con el metal de la tarde.

Ella se acordó del flequillo que él tenía a los catorce años. Era lo único que recordaba de él. Y que era de Irún.

—Entonces no fumabas —dijo Itziar cuando de nuevo le vio encender un cigarro.

—Y me gustaban las veraneantes —contestó él —. Tú eras de la pandilla de las mayores, ni nos mirabais —y se acercó mucho a su cara riéndose como diciéndole: ahora sí, ahora te vas a fijar en mí.

Después le contó que estudió Políticas y que durante el franquismo pasó mucho tiempo en la cárcel, y cómo la dictadura se ensañó en el País Vasco con los presos políticos.

—Era de comunión diaria y lograron hacer de mí un radical. Y sigo siendo de izquierdas, ya no me acerco a los veraneantes.

Itziar se volvió a fijar en que sus ojos eran líquidos y notó de nuevo su curiosidad como un foco.

—Yo estudié Letras —dijo ella—, pero me pasé toda la carrera en la facultad de Derecho. En la mía no había más que monjas, curas y niñas pijas.

Entonces volvió a su propia historia, la filología, las asambleas, la clandestinidad, el miedo, los grises, las visitas a los compañeros encarcelados. Los veranos en esa época eran con amigos en el Interraíl para comprar libros prohibidos y conocer Europa. Y Europa era la democracia, las películas de Bergman como la que acababan de ver, las playas nudistas, la hierba, la libertad sexual. Fuenterrabía dejó de ser importante, apenas unos días para estar con sus padres, con sus hermanas. Entre sus recuerdos se intercalaba una pregunta: ¿cómo se le había podido escapar un tipo con esa mirada retadora?

—Tampoco tenías barba.

—No me lo recuerdes, mi única preocupación. Tres pelos y ni señales de que fueran a salir más.

Las cañas se acabaron pronto y pidieron dos gin-tonics. El sol seguía despeñándose por los tejados antiguos e Itziar perdió la noción del tiempo. Ahora estaba en el norte, llovía, tenía trece años y él la estaba invitando a tomar una copa por primera vez.

Iñaki le contó que nunca había salido con las niñas de Madrid hasta que aparecieron ellas, las Méndez. Las vigilaba en la playa, en las excursiones al faro. Todos tenían motos, él era el niño de la bici.

Luego empezaron con Laura.

—Mi primer amor —dijo él—. Pero nunca me atreví a acercarme.

Su hermana le gustó desde el principio, dijo. La recordaba rubia, casi pelirroja, transparente, misteriosa, y él ya entonces amaba los misterios, enseguida supo que quería ser escritor.

Mientras hablaban de Laura, Itziar se dio cuenta de que su hermana había dejado de ser importante. Ya sólo era un tema de conversación. Por cómo la miraba, ahora era ella la protagonista.

—Pues sigue soltera —dijo, defendiéndose de ese pensamiento.

—También yo. Soy un solterón.

Huía de la gente, no le gustaba salir de casa, añadió. Itziar no tardó en saber que vivía oculto en su madriguera. Las mujeres pasaban por su vida pero ninguna se quedaba, no soportaban su obsesión por la soledad, su manía de ser independiente hasta el límite.

—Yo nunca estoy sola —le dijo ella, y de pronto se dio cuenta de que había refrescado, era casi de noche. Miró su reloj, llegaría tarde a casa.

Él cambió de gesto y pidió la cuenta.

En ese momento decidió que, si se volvían a ver, no le hablaría de su matrimonio, ni de sus hijos o de su trabajo. Había que inventar el misterio.

—Tengo una vida muy normal —había dicho Itziar un rato antes, cuando él le preguntó.

Y, cuando se oyó haciendo esa confesión, decidió que dejaría de tenerla. Una vida muy normal a los cuarenta y tres años no es normal, pensó. Y eso, si no lo remedio, es lo que me espera en el futuro, la seguridad de una autopista sin árboles, sin curvas, sin baches. Sólo las líneas de la carretera. Y las paradas, prohibidas. Ni una sorpresa.

Así empezó a disfrazarse.

Mientras conducía hacia casa se había hecho de noche y empezó a pensar en lo que le diría a Tomás. ¿Y si alguien la había visto?, ¿y si su marido se acababa enterando?

Aunque no se habían dado más que un beso en la mejilla, supo que se acostaría con Iñaki y ese pensamiento la excitó.

Si no quería ser descubierta, tenía que buscar una coartada, un disfraz. Al entrar en el garaje vio la Vespa. Cubierta con una lona estaba la moto vieja que Papá se trajo hace unos años de Altamirano.

—Voy a ponerla en marcha —le dijo esa misma noche a su marido—, estoy harta de los atascos.

El olor a gasolina, el ruido del motor al volver a respirar, fue la música de fondo de su resurrección. El casco anónimo, los vaqueros gastados, la cazadora vieja, el disfraz de su aventura.

Empezó como un juego. Pero, cuando el viernes siguiente hicieron el amor por primera vez, se dio cuenta de que Iñaki le gustaba de verdad. La historia se le podía ir de las manos. Tenía que proteger su normalidad y empezó a ocultarla. También eso la excitó.

Itziar conocía la clandestinidad, la impostura, de la época de la facultad; los dobles nombres, las dobles citas. Por eso ahora, cada vez que va a verle, se convierte en otra. Se quita la chaqueta, las joyas, los tacones, las medias de nylon. Se cambia donde puede. A veces en la oficina, a veces en un bar. El casco la vuelve anónima. Los vaqueros hacen que se sienta libre. Y con Iñaki nunca menciona un nombre. Ahí no existen mi marido o mis hijos, apenas mi madre o mis hermanas. Procura no dar datos, eso forma parte del juego, de la emoción de sus encuentros, con él puede ser otra, no la mujer joven y comprometida que ya nunca volverá a ser libre.

Y a él parece no importarle, es como si cumpliese un contrato que no han llegado a firmar. Así que ninguno de los dos habla mucho de su familia o de sus anteriores amantes. Sólo conjugan en presente.

Será una historia corta y cree que, para poder desaparecer un día de la vida de Iñaki, tiene que no haber existido. Si no existo, me convenceré de que él tampoco existió, piensa cada vez que baja la cuesta que la lleva a su casa. Lo vive como algo provisional pero muy intenso. Un espacio más de libertad.

Ahora entiende mejor a Mamá. Esa exaltación de tener un secreto, una parcela de vida sólo para el placer. Nunca debió juzgarla con ese rigor. Qué pensaría ella si supiera esta historia, se pregunta a veces. Qué le parecería Iñaki, ella que fue tan cruel con Tomás las primeras veces que apareció por Altamirano. Por lo menos no diría que tiene pretensiones. Por si acaso, no se lo presentará. Esto se lo guardará para ella sola.

6

De la habitación de sus hermanas le queda la manta azul. Se la llevó de casa de sus padres y ahora la arropa en la cama. Cada una era de un color. Cuando se encuentra mal, como hoy, la saca del armario y la extiende sobre la colcha blanca de algodón. Se acuesta, cierra los ojos y el tacto áspero de la lana virgen, con su vago olor a naftalina, le habla de esa época en la que todavía era soltera.

De pequeña había querido ser escritora. Ahora es ejecutiva de una multinacional, dirige un equipo de gente algo más joven, mucho más ambiciosa que ella, que la hace sentirse siempre vigilada. En la oficina la observan. Todos quieren su puesto. No se puede descuidar ni cometer un error. Y no siempre le salen las cuentas.

Quería ser escritora. Pero si ahora tuviera que escribir el guión de su vida no sabría por dónde empezar.

Una escena como la de anoche. Tomás, su marido, entra tambaleándose. Y en el dormitorio se esparce el olor a tabaco, a alcohol, a lugar cerrado. Lo trae pegado a la camisa, al pelo, y hasta el calzoncillo apesta a esas basuras mezcladas. Ve sus ojos hinchados y un brillo graso de sudor en la frente. Ella lee en la cama, está a punto de quedarse dormida. Tiene el pelo limpio, se acaba de lavar los dientes, huele a colonia fresca. El aliento de él, su sexo sin florituras, el peso de su cuerpo. El asco la enferma.

Al principio le deja hacer, aprieta los labios y se siente un trozo de carne fría abierta en dos por un carnicero. Mientras la tripa blanca de Tomás rebota sobre su cuerpo, se mira de reojo en el espejo y ve dos simios apareándose.

—Termina ya —le dice en un murmullo cuando le ve sudar.

Pero él parece no oírla, es su marido, tiene derecho, así que sigue moviéndose dentro de ella, atravesándola sin mirarla. A ella le duelen las ingles y murmura de nuevo:

—No puedo más.

Y a la vez contrae la pelvis y la mueve para ayudarle hasta que por fin Tomás se desploma sobre el colchón y se queda dormido.

Ella tapa con las sábanas el cuerpo de ese hombre que ahora ronca boca arriba con las piernas abiertas y se vuelve de espaldas. Está agotada, aunque sabe que, una noche más, el sueño tardará en llegar. Entonces recuerda la frase de Tere esta misma tarde. Hablaba con Mamá:

—Qué guapo es Tomás. Y tan cariñoso con los niños. Qué suerte ha tenido Itziar.

Mejor empezar por los niños. Una película de Walt Disney. Le roban el tiempo pero no le importa, ella se deja y lo disfruta. Una historia almibarada: pañales y papillas, camisetas que crecen, dobladillos que se alargan y movimientos cada vez más seguros. Esa conquista que le dio tanto trabajo. Los quiere independientes también de ella. A los siete, a los nueve años ya han aprendido a estar solos y a ser felices. Nico y Pedro, los hombres de su vida.

Pero a sus ojos vuelven escenas de la cama. La fuerza de sus músculos contra su resignación. No se mueve mientras él se masturba con su cara. Una película porno. Su cuerpo como un consolador de plástico.

Mejor empezar el día siguiente con cine americano de los años sesenta. Ducharse largo rato para borrar el daño y aparecer en la cocina luminosa donde su marido le prepara el desayuno a ella y a los niños. Es Doris Day. Un guión con final feliz.

Llega la empleada y, mientras ella se despide, recoge los restos de cereales, las tazas de leche, de café, las tostadas, viste a los niños, los lleva al colegio.

En la oficina es otra. Un maquillaje impecable, el traje de chaqueta, gestos seguros, económicos, un poco tensos por la rapidez que imprime a cada decisión. Sigourney Weaver en *Armas de mujer*, la jefa mala. Se exige y exige a su equipo hasta el agotamiento. Siempre precisa, neutra, rigurosa. Como sus uñas cortadas y brillantes sin un pellejo, sin una cutícula de más; sus pestañas, sus ojos perfilados. Pero también el cansancio, las arrugas incipientes que avanzan como un recordatorio de lo que llegará.

Teme la vuelta a casa y la angustia por ese sexo que la espera de nuevo después de preparar los baños, hacer las cenas, ponerse el camisón y meterse en la cama.

Y ahora Iñaki, ¿qué película es esa?

No, no podría. Esa sucesión de planos inconexos no sería coherente, verosímil. Un argumento que nadie creería. Tanta confusión.

Cuando se casó se sentía madura, entonces sabía mejor lo que quería.

A mi madre no le gustaba Tomás, recuerda de pronto. Y, mientras se hunde en la almohada para aliviar su gripe primaveral, vuelve a ver aquella escena.

—Mucho dinero pero sin clase —sentenció Mamá el día que Tomás fue a casa a buscarla por primera vez.

—Justo lo contrario que nosotros —sonrió Papá, y la miró con complicidad—. Ya quisiéramos.

Días después, mientras comían en Altamirano, Mamá insistió:

—No es como nosotros —dijo, sin mirar a Itziar.

Eran las dos y media y estaban con el primer plato. A Itziar le encantaban los espárragos, pero recuerda que ese día la mayonesa se le cortó en el camino al estómago.

—Pero Mamá… —empezó a decir ella.

—Es ingeniero, igual que yo —dijo Papá para ayudarla. Había hablado con él de su enorme puente y Tomás dio la talla.

—No compares —repuso Mamá, mirándola, esta vez, a los ojos.

Papá intentó cortar. Estaba esos días de visita en Madrid y no quería discutir, pero, por el guiño que le hizo, Itziar supo que en él tendría un aliado. Papá ya no pensaba como su madre.

Entonces Mamá adoptó esa media sonrisa petrificada que a Itziar le daba tanto miedo y empezó a burlarse de Tomás, de sus mocasines americanos demasiado brillantes y de sus chaquetas de *tweed* con hombreras abultadas.

—Vestido de oficina no se le nota tanto —añadió—. Pero de sport rasca. Seguro que su familia se hizo rica en la época de Franco. *Parvenus* —resumió cuando ya estaban sirviéndose la ternera asada.

Itziar se levantó de la mesa como si no la oyera. El desprecio de Mamá heló la salsa de la carne. Yo tampoco soy como tú, quiso contestarle, pero dijo:

—Nuestros apellidos largos, la finca perdida y el abuelo arruinado me importan un bledo.

Tenía hambre pero se fue al cuarto de baño amarillo y, aunque eran las tres de la tarde, abrió el grifo del agua caliente y se metió en la bañera. Quería estar sola. Fue allí, metida en esa furia de agua hirviendo, casi escaldada, donde tomó la decisión de que se casaría con Tomás. Esa noche dijo que tenía que estudiar y no cenó. Mamá no vino a ver qué le pasaba.

Las Méndez somos orgullosas, piensa ahora. Era muy joven, le acababa de conocer, no sabía si estaba enamorada. Sin embargo, muerta de hambre y con el cuerpo encendido, decidió que no se iba a dejar pisotear por esa media sonrisa gélida que siempre la miró desde las alturas de unos tacones de aguja y una cara muy maquillada.

Ahora, cuando ya no le quiere pero le sigue queriendo porque es el padre de sus hijos, se da cuenta. Si se casó, fue porque a Mamá no le gustaba Tomás.

Y esta manta también rasca.

Ese baño de media hora, con dolor de tripa y la digestión a medio hacer, cambió su vida. Así fue como me equivoqué, concluye mientras se da la vuelta en la cama.

Y esa equivocación trajo las siguientes. Poco tiempo después de la boda aceptó el trabajo en esa empresa de publicidad porque Tomás la convenció.

—Es una ocasión única, has tenido suerte —dijo enseñándole la oferta de empleo de la agencia de publicidad de su mejor amigo—. Se te dan bien las frases ingeniosas. Sólo te pido que hagas el test y la entrevista, Antonio no te contratará si no eres la mejor.

Había estudiado letras y daba clase en un colegio privado mientras esperaba que saliesen las oposiciones a instituto. Buscaba un trabajo seguro con vacaciones largas para tener tiempo para escribir. Pero le pudo la vanidad, el sueldo desproporcionado, la satisfacción de Tomás cuando decía en voz muy alta en las cenas de matrimonios de los sábados:

—Gana más que yo. Menuda boda he hecho.

Mamá tenía razón. Tomás no es como ella. Pero no por los mocasines ni por las hombreras abultadas. Sólo habla de dinero. Y no le gusta que se le tire encima cuando viene borracho, sentir que la viola cada noche, que huela a antro, a fulana barata. Odia dormir con él.

Por eso estar con Iñaki no es sólo conocer el sexo tierno y experimentado de otro hombre, acostarse con él es también reencontrarse con los primeros tiempos de la facultad, volver a la lucha contra el franquismo, las reuniones clandestinas, retornar a aquellas ideas que rompían el mundo cerrado de la calle Altamirano. Unos ideales que se habían ido alejando con cada nómina, con cada incentivo, en cada hora de reunión en esa sala con muebles de diseño italiano y luz fría, adornada con una enorme pantalla y varios ordenadores donde presentaban los trabajos a los clientes.

Se había convertido, para hacer feliz a su marido, en lo que en otra época ella misma hubiera llamado una herramienta del poder financiero, un pelele del capitalismo.

—Se nota que eres escritora. Conoces bien el corazón humano —le decía Antonio, su jefe, para halagarla cuando la veía crítica, cortante, radical. Y con esas pequeñas palmadas en la espalda ella, aunque sabía que ya no sería escritora, aguantaba una reunión más, de varias horas, para hacerle la pelota a un posible cliente.

Para vengarse pensó en hacer anuncios feministas y se presentó a un concurso patrocinado por el Ministerio.

«El hombre de tu vida no es sólo uno». «Contrátale para quitar el polvo. Tienes derecho a varias vidas». «Pudiendo tener varios, por qué conformarte con uno», para anunciar una empresa de limpiezas llevada por hombres. «Hazle trabajar, igual es capaz de hacerlo. Ha sido educado por una mujer». «Pónselo fácil, a ver si se acostumbra», para anunciar una aspiradora. Se divertía cambiando la lente, viéndoles del otro lado. Puro cuerpo, puro sexo. Sexo débil y explotado por las mujeres.

Sin embargo, esos galardones no hicieron gracia en su empresa.

—Si tienes talento, úsalo dentro de casa —la riñó su jefe aludiendo a la empresa y a la vez recordándole el hogar como única posibilidad de desarrollo de su creatividad.

Quizá hoy no es gripe, es cansancio. Lo único que la cura es estar sola, dormir sin límite, olvidar que en la nevera no hay leche, ni mantequilla, ni siquiera un huevo viudo y que, constipada o no, tendrá que bajar a la calle a comprar algo para cuando los niños lleguen del colegio. Tose y eso la despierta de nuevo, la garganta le sabe a hierro y estropajo.

Cuántas cosas ha hecho en la vida para llevarle la contraria a Mamá. No fuma, apenas usa joyas, odia los escotes en pico aunque le vayan bien a sus tetas grandes. Y no para de trabajar. Mientras lo piensa, se adormece un rato.

Ser agente doble es muy cansado. Vivir con dos caras, con tantos deberes.

Está rendida pero su marido es feliz. No desconfía. Si le dice que tiene trabajo, ya tiene permiso. Le gusta que gane un sueldo. «Casa con dos motores», repite a menudo. Es el lenguaje que mejor entiende. Así puede irse de casa sin explicaciones.

Una vez a la semana saca el bolso de lona, se pone el casco, atraviesa la ciudad sobre su moto y, con el corazón en la boca, baja en un suspiro la Cuesta de la Vega y cae en los brazos de Iñaki como si lo hiciera por el peso de la gravedad. Él está siempre ahí, envuelto en el humo de su cigarrillo negro, rodeado de libros, escuchando una y otra vez la música de Schubert. *La Trucha*, *La muerte y la doncella*, *La Inconclusa*... a veces Mozart, depende del humor. Dice que sólo la música clásica le permite concentrarse.

Cada viernes por la tarde es lo mismo: «No se me ocurre nada, estoy bloqueado». Pero lo primero que hace es desnudarla y quitarle el reloj de oro que le regaló Tomás en la pedida.

El viernes pasado llegó muy acalorada y fue a coger una Coca-Cola de la nevera. Él entró muy despacio y la sorprendió por la espalda. Con mucha suavidad le quitó la blusa, el sostén y empezó a acariciarle los pezones trazando círculos con la lengua, primero casi sin tocarlos, luego lamiéndolos.

—Quiero que me folles ya —dijo ella, y le desabrochó los vaqueros.

Él le tapó la boca y la besó. Sin hacerle caso, la desnudó poco a poco y la sentó sobre la encimera. En contacto con el mármol su calor desapareció de golpe mientras él seguía lamiéndole los pezones, chupándoselos. Luego se demoró en el interior de sus muslos, olió su sexo y lo abrió con su lengua áspera hasta que Itziar gritó. Sólo entonces le levantó los pies apoyándolos en los bordes del mármol, inmovilizándola, y la penetró.

—¿Porqué tienes siempre tanta prisa? —le preguntó Iñaki cuando terminaron.

Ella no le contestó, pero tuvo ganas de llorar.

Tenía prisa por disfrutar, que no se le escapase ni un minuto. El cuerpo de plástico que se acostaba con Tomás resucitaba cada tarde que pasaban juntos, pero en un rato regresaría a casa. Y ya no soportaba que Tomás la tocase.

No debo dejar que eso me amargue, pensó en ese momento. Que nada me impida gozar de la emoción de cada viernes cuando vuelvo a probar sus manos y su boca.

Así ha sido desde que hace seis meses hablaron por primera vez. La parte en trozos, como si quisiera comérsela por partes, con pequeños bocados hambrientos. Y ella se convierte en filetes, en carne cruda, en *steak tartare* para él.

Y sabe que cada semana le encontrará ahí porque Iñaki no sale nunca de casa.

—Mi cárcel —dice—, un homenaje a los presos políticos.

Un teléfono móvil colgado del cuello es su ombligo con el exterior. La soledad, insiste, es lo que le hace libre.

A ella le gusta ese régimen de aislamiento. No protesta, también le viene bien la clandestinidad.

Itziar es infiel, pero no se siente mal.

Después de esas tardes, al subirse de nuevo en la moto, se huele las manos y sonríe. El casco oculta su gesto mientras recorre el camino de vuelta. Con el olor de su sexo todavía en los dedos abre el pomo dorado de la puerta de casa, se ducha, se peina y hace la cena. Y sonríe. Entonces, cuando su marido llega, no le cansa escuchar una vez más las peleas del despacho. Sonríe. Y su marido lo agradece. Tampoco le importa que los niños riñan o tarden en irse a la cama. Ahora ya tiene valor para decirle a Tomás que esa noche no quiere tener sexo, que está muy cansada. Le debe a la vida este amante, lo demás le da igual.

Por eso ahora, mientras acaricia la manta azul de su cuarto de niña, Itziar cree que se debe permitir este hombre que le abre los brazos al atardecer. Sería un crimen renunciar a esas manos carnívoras.

Debería ser obligatorio tener un amante cuando los niños son pequeños, cuando la casa se te cae encima, si tu marido se pasa más de doce horas en la oficina y luego tiene tanta prisa y furor en el sexo.

En esos encuentros con Iñaki al otro lado del río Manzanares, junto a la circunvalación que se alborota como un afluente de coches desesperados, mientras el Palacio Real empieza a cambiar de color y los árboles recuperan el olor de la noche, el tiempo se detiene.

Pero esta noche es jueves. Ahora es una madre con gripe que espera a que sus hijos salgan del colegio. Una trabajadora que hoy está de baja. La esposa que esta noche escuchará de nuevo la respiración de su marido junto a ella, quizá sobre ella.

Y que tiene una manta azul de lana virgen.

7

—Hay que tapizar estas butacas —repite Itziar hoy, como cada vez que va a visitarlas.

Le irrita ese abandono y se acuerda con nostalgia del desorden del piso bajo de su amante, que no tiene butacas tapizadas pero que está tan lleno de colores y de olor a comida.

La casa de siempre, donde ya sólo viven Mamá y Teresa, es ahora la casa de Mamá. Está en Altamirano, en las cuestas que van de Princesa a Rosales. Un sexto piso con terraza y con un pasillo largo que acaba en un dormitorio que asoma a un patio de vecinos. La parte del salón es clara, luminosa y el lado de los dormitorios es sombrío. En la terraza se adivinan atardeceres lentos, horchatas frías y parejas que se abrazan mientras pasean por el parque del Oeste.

La decoración es clásica. La tarima cruje y en los sofás las flores de la cretona inglesa están apagadas por donde les da el sol, que hoy entra exuberante anunciando el verano. Pero a ninguna de las dos parece importarle vivir entre muebles y cortinas tan descoloridos que podrían desvanecerse en cualquier momento.

—Esa tela la eligió Papá —responde Mamá para cerrar la discusión—. No podemos cambiarla sin consultárselo.

Desde que Papá se fue, se ha convertido en un héroe legendario. La muerte de tío Luis se lloró poco y, a partir de ese momento, la ausencia de Papá se extendió como el agua en un pantano. Mamá, viuda dos veces, se hacía vieja y empezó a echarle de menos.

Aunque vive en Uruguay con otra mujer, todo lo que hizo antes de irse estaba bien. No se puede tocar nada de lo que dejó en la casa. Por eso sus apuntes y hasta los libros de la carrera siguen llenando la biblioteca del salón, y sus revistas de ingeniería no se pueden ordenar.

—¿Y si luego no encuentra algo importante? Ya lo ordenará él mismo cuando tenga tiempo —dice Mamá como si Papá hubiera salido a tomar un café con los amigos—. Ya sabes lo especial que es con sus papeles.

Y sigue haciéndose llamar señora de Méndez. Algunos vecinos la llaman la viuda de Méndez. Para ella, estos años que han vivido separados no existen. Como si sólo fuera el trabajo lejano lo que los mantiene distantes. Cuando habla de él, siempre conjuga en presente o en futuro.

—A mi marido le gustan mucho los sesos, las mollejas. En casa es el único que los toma —la oye ahora Itziar desde la cocina.

Mamá habla con la muchacha, están haciendo la lista de la compra. Por lo menos una vez a la semana la chica trae del mercado esas vísceras para mantener la ficción. Porque Itziar sabe bien que, si Papá está en Madrid y viene a Altamirano, nunca se queda a comer.

¿Seré yo igual de hipócrita cuando tenga su edad?, se pregunta Itziar, ¿o es que se engaña a sí misma?

Hoy ha venido a buscar a Tere para tomar el aperitivo juntas.

—Tenemos que vernos —la llamó el día anterior a la oficina—. Laura está en Madrid. Podríamos quedar en Rosales al mediodía. Pero nosotras solas, Mamá está insoportable.

Mientras la espera hojeando el periódico, vuelve a comprobar que, en ese salón, Mamá ha borrado de un plumazo muchos años de su vida. Le indigna que esa ficción suponga todavía un chantaje, una lejana amenaza para Papá.

En las fotografías enmarcadas, las tres niñas no existen. Sólo hay imágenes de una mujer de veinticinco años que se retrata abrazada a su marido delante de la Torre Eiffel, junto a la Fontana di Trevi, subida al Empire State.

La recuerda contándoles que, cuando eran jóvenes, el extranjero era un lugar mítico y desconocido al que nada más unos pocos podían ir. Un sitio que sólo se veía en las revistas. En aquella época, piensa Itziar, a Mamá le gustaba ser mujer de un ingeniero y viajar con él para practicar su perfecto francés de alumna del Sacré Coeur.

Sospecha que fue por eso por lo que decidió pasar los primeros años de su matrimonio en Fuenterrabía. Esa casa de piedra con su prado lleno de manzanos y las vistas a la ría del Bidasoa le daba pie para decir con muy buen acento:

—Mañana iremos a la *plage d'Hendaye.*

Qué guapa era Mamá en esos días después de bañarse en el mar, con la melena oscura todavía mojada cuando, de vuelta a casa, les servía aquel gazpacho rojo fuerte que salía de una sopera blanca.

O más tarde, cuando sacaba la cafetera y le decía a Papá con una sonrisa:

—Esta tarde me apetecería acercarme al Casino de Biarritz y tomar un té en el Palais. A la vuelta podemos pasar por Bayonne y comprar unos vasos de Duralex.

Entonces había fronteras y colas largas de camiones para cruzarlas, y unos hombres uniformados que abrían el capó de los coches y las miraban a ella y a sus hermanas como si fueran delincuentes.

Su madre escondía las compras en las que se había gastado parte del dinero del mes como si fueran bombas de terroristas y luego pasaba el resto de la semana invitando a sus amigas a jugar a la canasta y a merendar chocolate de Dodin con tostadas untadas de brie, de camembert y de paté de *campagne,* así lo llamaba ella. Y al final siempre decía:

—Lo único que le falta a esta merienda-cena es un sorbito de Veuve Clicquot helado.

Mamá era hija de una familia de la burguesía industrial de Madrid venida a menos, pero había conseguido cazar a un noble. Una pena que fuera el segundón y que ella no pudiera bordarle la corona en las camisas, piensa Itziar mientras recorre esa colección de fotos descoloridas.

Ahora sabe que esa casa del norte donde vivió sus primeros años de matrimonio y esos veraneos la hacían sentirse superior a su hermana, casada con un funcionario, que pasaba las vacaciones en Denia, y a las mujeres de los compañeros de su marido que vivían en Irún.

Ésa fue la gran época de su vida, dice a veces Mamá. ¿O sería a partir de su relación con el tío Luis cuando de verdad empezó a vivir intensamente? ¿Y ahora?, ¿qué queda del Veuve Clicquot y del *foie* de *volaille* en esta vieja de labios pintados por encima de sus límites que habla en la cocina con la muchacha? ¿Seré yo algún día igual de patética que ella?, se pregunta Itziar.

Por fin aparece Tere y le da a oler una cortina como quien ofrece una rosa.

—¿Has visto qué asco? Toda la casa está impregnada. Tenemos que convencerla de que lo deje —le dice muy bajo a su hermana mayor —, no sabes las noches que me da.

Le da pena Tere. Se quedó en casa y sigue siendo la pequeña, no consigue rebelarse. La ve enganchada a las cortinas de damasco masticadas por el sol del mediodía. Le irrita su sometimiento.

Y le asombra que madre e hija puedan vivir juntas porque Tere es la contrafigura de Mamá. Parece que lo hace adrede: no se pinta, deja que el pelo llegue al límite de la suciedad, se deja engordar. Tiene una colección de libros de recetas que cuida igual que Mamá mima su lápiz de labios, su sombra de ojos, su espejo de aumento y su lima de diamante. Tere no lee pero come. Le parece triste que lo único que la motive sea bajar al mercado y meterse en la cocina. Cuando guisa, cuando come, le cambia la cara.

Laura se salvó de Mamá al escaparse a Bruselas, piensa Itziar. Pero al desprenderse de la familia, como un iceberg, se convirtió en hielo. La ve atrapada entre fríos polares.

Jamás será como ellas. Físicamente es como Papá y siempre, todavía hoy, reza para parecerse a él en el carácter, en esa bonhomía. Papá se ha conformado con su suerte, que cambió por un golpe de fortuna. Desde que viajó a Sudamérica, está de acuerdo con la vida.

Y eso que Mamá ya no es Mamá. Lo único que queda de aquella mujer omnipotente es la soberbia, el mal humor, la rabia por haber perdido su poder sobre los hombres. Tener que vivir sola en ese piso grande y con su hija soltera le parece humillante.

Fuera, en la terraza de Rosales, Laura se refugia del sol de principios de julio bajo una sombrilla y detrás de unas gafas oscuras de Armani. Desde lejos parece muy concentrada en mirar las agujas de su Rolex de oro.

—Estaba a punto de irme. Ni se os ocurra decirle a Mamá que he venido. Esta vez no tengo tiempo de verla —mientras lo dice mira a Itziar—. ¿Qué te has hecho? ¿Te has puesto bótox? Estás resplandeciente.

—¿Cómo no va a estar guapa con ese maridazo que tiene? —dice Tere, que siempre ha sido la mejor fan de Tomás.

Con una mano llama al camarero y, con la otra, se empieza a comer las patatas fritas del aperitivo que le han puesto a Laura.

—Qué calor —añade, quitándose la blusa de manga larga y estirándose la camiseta negra de tirantes que descubre unos brazos todavía blancos y demasiado gruesos.

Itziar sonríe y no contesta.

Si les contara… A Laura le vendría bien saber que lo que ha mejorado su expresión no es el bótox, ni siquiera la crema de Elizabeth Arden que le recomendó, sino la cama de Iñaki. Ese colchón de 1,35 de ancho sobre un somier metálico que cruje al ritmo de sus cuerpos ha sido la mejor operación de cirugía. Si supiera su receta no se empeñaría en odiar a los hombres. Pero da igual, porque su hermana no insiste. Como siempre, tiene prisa. Fue Tere la que les pidió que se vieran las tres a solas. Quiere hablarles de Mamá.

—Estoy preocupada. No deja de toser —dice con la boca llena de patatas fritas.

—Pero ¿no dijo el médico que está como un reloj? —mientras habla, Laura vuelve a mirar el suyo.

—Se nota que en Bruselas no escuchas su tos.

—Y la casa cubierta de fotos de Papá. Cada día añade una —dice Itziar.

—Está obsesionada. Qué mal lo debió de pasar cuando se fue —añade Tere mirando a Laura.

—Pues entonces no lo parecía   contesta Laura con una media sonrisa sarcástica parecida a la de Mamá—. Al revés, salía todas las noches, como si lo estuviera celebrando.

—Sería para disimular, para que no nos pusiéramos tristes. Menos mal que tío Luis se ocupó de nosotras —dice Tere. Y añade—: Para algo era el hermano mayor.

—Qué buen hermano —contesta Laura mirando a Itziar, esta vez sin reírse.

—Y qué éxito tenía con las mujeres —insiste Teresa—. No me extraña, soltero, marqués y con esa buena pinta, siempre impecable.

El tío Luis era refinado y Tere insiste en lo elegante que era el anillo que llevaba en el dedo meñique, sus gemelos de oro, su Mercedes negro, su criado viejo y la cubertería de plata de los abuelos que sacaba cuando las invitaba a comer.

Para Itziar, el piso de Zurbano era oscuro y las paredes de seda acumulaban polvo de años. Odiaba la luz mortecina de esas arañas que hace tiempo que necesitaban una limpieza especializada. El criado cocinaba fatal. Nunca le gustó ir a esa casa a comer carne asada demasiado dura y arroz blanco soso por muy escogido que fuese el vino de reserva familiar que tío Luis servía a sus padres. La familia, antes de la ruina, era propietaria de una bodega en Navarra y él todavía presumía de saber elegir las mejores añadas.

—Parecían *Príncipe y mendigo* —se ríe Laura—. Él con sus camisas planchadas y bordadas de coronas y Papá con las chaquetas de *tweed* siempre arrugadas.

—Tampoco exageres. Papá siempre ha trabajado, tenía menos tiempo para cuidarse —contesta Tere.

Y en casa nadie le cuidaba, piensa Itziar mientras bebe su horchata y calla disfrutando del frío y del sabor de su refresco preferido. No cuenta a sus hermanas que Papá está en Madrid ni que el día anterior ha comido con él. Prefiere hablarlo a solas con Laura.

—Pues ella no soporta la soledad, todavía no lo ha superado —insiste Tere—. Y no puedo más, os necesito. Necesito que vengáis más a menudo.

—Pero Papá lo haría por algo —contesta Laura mirando a Itziar como si no hubiera oído a su hermana.

—Itziar, ¿tú sabes por qué se fue? —pregunta Tere.

Itziar duda y, después de unos segundos, responde:

—Dijo que era por aquel puente.

No quiere decir delante de Tere que Papá estaba harto. Sería fatal que a Tere se le escapara delante de Mamá. Y puede que se lo contara antes de tiempo para darse importancia.

¿Y ella? Itziar vive en presente, y el presente es el sexo semanal con Iñaki, ese placer intenso, no pide más. Al lado de sus hermanas se siente afortunada.

De pronto Laura vuelve a mirar su reloj.

—Tengo una reunión, ya hablaremos —dice mirando a Tere y rozando apenas su cara para darle un beso—. No te preocupes, llamaré a Mamá. A ver si la convenzo de que fumar ya no es elegante.

8

Habían quedado el día anterior en el italiano de Gaztambide. Itziar hubiera preferido comer cerca de su oficina, siempre anda con el tiempo justo, pero Papá insistió en que le apetecía ese sitio. Ella llegó antes y se puso en la esquina de siempre, junto a la ventana.

Cuando le vio entrar se dio cuenta de que tenía esa sonrisa quebrada en la que en los últimos tiempos había trazas de cansancio. Marco, el dueño napolitano, salió enseguida con su inmenso delantal blanco de detrás de la mampara transparente donde se le veía hasta ese momento amasar y lanzar al aire pizzas enormes y le abrazó con las manos llenas de harina, abiertas para no mancharle. Papá le sostuvo el abrazo sin importarle e Itziar pudo observar desde su rincón el afecto que había entre esos dos hombres grandes que hacía tiempo que no se veían. Le chocó el contraste entre el rostro rojo y sudado del cocinero y la cara pálida y delgada de su padre. Por primera vez pensó en él como en un viejo y se preguntó si estaría enfermo.

—Mira qué guapa está —dijo Papá señalándola orgulloso a su amigo italiano—, con dos hijos ya y sigue siendo una niña.

Ahora se da cuenta de por qué había insistido tanto en comer en Casa Marco. Argüelles es su barrio, qué más da que lleve tantos años viviendo fuera. El piso de Altamirano fue la primera casa que compró y, aunque esté lejos, ahí están sus referencias.

—¿Qué tal te va, hija? Estás radiante —le pregunta cuando se quedan solos, mirándola fascinado.

Cuando están juntos, la cara de su padre se relaja como si un velo borrase sus arrugas. Itziar sabe que es por lo que la quiere, y porque es la única a la que no tiene que dar explicaciones.

—¿Y tú? —dice, mientras mira la carta—, ¿cómo está Graciela?

Cada vez que se ven lo primero que hace es preguntarle por ella. No le importa que tenga otra mujer y quiere que lo sepa.

—Esta vez no ha venido. De verdad que te encuentro guapísima.

Pues no me he operado, no es bótox, le dan ganas de decirle, pero se corta. No va a contarle que tiene un amante. En cambio le contesta:

—A ver si la conocemos de una vez.

Hoy han venido porque él la llamó y la previno: «Tengo novedades».

—Cuéntame, Papá —le dice en un tono muy bajo y acercándose mucho a él. Nunca lo han hablado pero sabe que no le juzga, que siempre ha sido su cómplice.

—He venido para lo del divorcio.

—Por fin —dice Itziar.

—Se lo debo. Graciela lleva ocho años esperando.

Marco se acerca y les toma nota. Itziar pide una lasaña de berenjenas y Papá unos escalopines Marsala.

—¿Es que ella te lo exige? —le pregunta entonces Itziar, que se ha quedado muy seria mientras ordenaban la comida.

—No, no es como Mamá. Pero allí las que no se casan están muy mal vistas.

El restaurante ha ido llenándose de gente y ahora reina la algarabía. Ellos dos cuchichean como amantes.

—¿Y qué puedo hacer yo?

Papá se pone serio y junta los dedos sobre el plato, como si fuera a rezar. Le dice que está preocupado con la reacción de sus hermanas, no sabe cómo contárselo.

—Y con la de Mamá, más —añade.

No quiere hacerle daño. Han sido muchos años de vivir una ficción y ahora se siente atrapado.

—¿Qué piensas? —concluye.

—Tú no tienes la culpa de lo que os pasó —dice Itziar con una voz muy firme.

Ella cree que nunca le ha hablado con claridad de Mamá y tío Luis porque siempre ha dado por supuesto que lo supo todo. Ahora, acostumbrado a evitar el tema, seguro que tampoco quiere enredarse en el pasado.

—Nadie tuvo la culpa, pero es que tu madre lo ha olvidado. Desde que Luis murió está convencida de que voy a volver.

—Y pone cada día una foto tuya en los altares.

—La temo, me tienes que ayudar.

A Itziar le da rabia verle tan débil, tan incapaz de hacerse con las riendas de su propia vida. Vuelve a imaginárselo como un ratoncillo diminuto y recuerda hace años los gritos de su madre en el dormitorio. Pero también le irrita que Mamá siga representando su papel de señora de Méndez. Lo llena todo para no dejar un resquicio por donde Papá se pueda escapar de una santa vez. Una pantera aferrada a su apellido.

Por eso se ofrece a ayudarle.

—Primero díselo a Laura, a ver cómo reacciona. Pasé por Bruselas y no la llamé. Prefiero que se lo cuentes tú. Que la prepares.

Papá no ha tocado la comida y los escalopines se han quedado pegados en el plato con la salsa petrificada. En cambio, se ha bebido casi toda la botella de vino y su cara tiene ahora mejor color.

—Está cada vez más dura, más intransigente —dice Itziar.

Y piensa: Laura todavía se siente defraudada. Papá nunca debió prometernos que nos vendría a buscar, que iríamos a vivir a América. Han pasado los años y no lo ha superado. Y yo sigo, igual que cuando era adolescente, tratando de proteger a todos de las mentiras de Mamá.

Mientras tanto, Laura se ha vuelto de piedra y Tere no para de comer. También ve a Papá preso en una tela de araña, absorbido por esos agujeros negros de los que nunca habla cuando se encuentra con el resto de la familia.

—A mí me odia. Le pasó igual con tío Luis. De pequeña le adoraba y más tarde no le podía ni ver.

—Prefiero no hablar de él —dice Itziar.

—Pobre Luis, qué enfermedad tenía con las mujeres.

Itziar se pone seria.

—Hablaré con Laura, no te preocupes —dice, cortándole.

Todos esos silencios, las ficciones de sus primeros años, siguen ahí, trabajando como abejas en su interior.

—Apostemos por el futuro —dice Papá.

De pronto tiene las mejillas encendidas y se ríe mientras compone el ademán de hacer un brindis. A ella le irrita verle más suelto gracias al vino.

—Dice Tere que vuestra madre fuma cada día más. ¿Tú cómo la encuentras? Dime la verdad —pregunta Papá como si hubiera notado lo seria que está.

Itziar se da cuenta de que todavía le importa. Su tono, su exigencia demuestra que no lo hace sólo por quedar bien. Aún la quiere. Qué difícil romper esa cuerda. Piensa en Iñaki, en Tomás. También a su marido le suelta la lengua el alcohol y sus ojos brillan igual que los de Papá cuando bebe al mediodía.

Mira el reloj, se le ha hecho tarde.

—No te preocupes, Papá, tendrán que tragar. Y acabarán aceptándolo. Tú, a lo tuyo.

—Gracias, hija.

—Y yo a la oficina. Dile a Marco que te invite a un café —dice, mientras le abraza muy fuerte y sale corriendo hacia su Vespa.

9

Nunca consigue hablar a solas con Laura. Ella no quicrc. Por eso la cita en la piscina.

El agua, su brillo, su sonido nos ahorrará el silencio, piensa Itziar.

El césped está cortado al ras, como una moqueta. Como si el jardinero hubiese medido cada tallo de hierba al pasar la segadora. La piscina tiene dos cinturones: uno de placas de piedra porosa y blanquecina y un seto alto de rosales y de boj.

Ha quedado allí con su hermana antes de que se vuelva a Bruselas. Quiere hablarle de la boda de Papá. Como siempre, quedan en un territorio impersonal, neutro. Un lugar donde se puede hablar sin que se encuentren las caras. Un sitio para nadar, comer, tomar el sol. Todo, menos mirarse a los ojos.

La última vez la citó en la peluquería.

—Tengo ganas de verte, pero sólo estoy unas horas en Madrid —le dijo entonces.

Su hermana siempre se está yendo.

—Nunca volveré a vivir aquí —le confesó la última vez que hablaron en serio, hace ya cinco años—. En este país de catetos no se me ha perdido nada.

Sabe que a Laura le gusta esta piscina porque el lujo le da seguridad. Y si se encuentran con alguien conocido, mucho mejor. El tiempo pasará más rápido.

Le parecerá mal que me haya tumbado en esta esquina, piensa Itziar, pero aquí llega de lleno el olor de las rosas. Y encima, la toalla. Ha salido con tanta prisa esta mañana que se le olvidó cogerla. En el coche había una de los niños con un gran Pato Donald que ahora desentona sobre la hierba tan bien cortada. Si por lo menos fuera el tío Gilito, piensa riéndose sola. Laura va a pasar vergüenza cuando la vea sobre esa toalla infantil. Ya imagina su cara de horror.

En ese momento suena el móvil. Tomás le dice brevemente que se va de viaje, parece tener prisa.

—A Barcelona, una reunión inesperada. Vuelvo mañana por la noche.

Aunque le parece rara esa reunión en sábado, Itziar no pregunta. Jamás lo hace. Cuando cuelga, suspira. Llamará a Iñaki, de pronto tiene muchas ganas de verle.

Pero antes va a darse un baño.

Le gusta meterse poco a poco por la escalera de baldosas azules, sentir esa humedad fría contra sus piernas, su cintura, sus pechos y hasta su cuello. Nota cómo sus pezones se contraen. Itziar es Piscis y alguna vez pensó en ser nadadora profesional. Sólo en el agua es libre. Y esa llamada la ha convertido en una mujer pez. Tiene por delante un día y medio sin Tomás. Para ella. El placer le llega al sexo y a los pechos mientras bucea por el suelo inmaculado de la piscina. Se pone luego boca arriba con los ojos cerrados y abre los brazos para que el sol ilumine su dicha. Ya sabe lo que va a hacer.

Al salir, mira a esas mujeres que no nadan y que toman el sol en las tumbonas o pasean por la parte de la piscina que no cubre. No saben lo que se pierden. Lo que les habrá costado la peluquería para tener esas mechas doradas, esos rizos esculpidos pero naturales, esas canas matizadas con pulcritud de artista. Prefiere su pelo empapado.

El teléfono de Iñaki comunica y se inquieta. Qué estará pasando en el otro extremo. Tiene prisa. Laura llegará en cualquier momento y llenará toda la escena, delante de ella no podrá hablar con libertad.

Seguro que su hermana aparece apabullante, vestida con uno de esos trajes de chaqueta de hombros marcados con discreción que le dan ese aire de eficacia y con el maletín de cuero de Vuitton que la acompaña en sus viajes. De ese maletín, ya la ve, sacará un bikini perfecto, unas gafas oscuras, una toalla de Hermès y cremas de filtro solar extremo para el cuerpo y para la cara. Se pondrá en la sombra para que el sol no hiera su piel blanca, casi transparente, ni sus pecas se extiendan.

¿Qué vida hará su hermana en Bruselas? Viaja poco a Madrid, sólo lo imprescindible, por eso tiene que aprovechar cada visita. Y si viene a la piscina no es por ella sino para encontrarse con la gente que importa, los que piensa que en algún momento podrán darle otro empujón hacia arriba.

Desde que hizo el primer año de Derecho en París, desapareció de sus vidas. Pero siempre que viene pasa media hora por casa de Mamá llena de bombones belgas y de perfumes franceses y luego mira su Rolex y sale quejándose del tráfico y de que no llegará a esa reunión tan importante donde hace rato que la esperan. Con esos treinta minutos ya ha cumplido.

Y su madre disfruta con Laura. Valora esa media hora más que la dedicación de Tere o las llamadas de Itziar.

—Ha salido a mí —suele decir Mamá—. Es la única que parece de buena familia.

Ha apretado varias veces el botón de rellamada, pero el teléfono de Iñaki sigue ocupado.

—¿Me has llamado? —dice por fin su voz.

—¿Puedo ir esta tarde? —contesta ella.

—Pero si es sábado.

—¿Puedo? —su voz se acelera y tiembla en la repetición.

—Claro que sí, aquí me tienes.

No le pregunta a Iñaki con quién hablaba tanto rato. Jamás lo hace, es la mejor receta para que no le pregunten a ella. Le contesta que irá con un suspiro leve y el día se aclara de repente.

Por qué tendrá tanto miedo de que Iñaki la engañe. Y qué hace en ese club, se dice después de colgar.

Un barco varado en tierra firme. Unas ventanas de ojo de buey que miran al césped de la piscina. La caseta de los vestuarios tiene una cubierta a dos aguas de teja antigua. Las paredes están pintadas de amarillo y las carpinterías de blanco. La hiedra muy podada trepa por la pared que enmarca las ventanas. Bañistas que no se bañan, matrimonios que no se ven, una hermana que no quiere hablar con su hermana.

En los clubs de los ricos, incluso cuando están tierra adentro, siempre hay un ancla, un timón, una brújula. Una maqueta del mar para pasar las vacaciones en Madrid. La nostalgia de un eterno verano reproducida en miniatura.

Cuando anuncian su nombre por el megáfono acude a los vestuarios. Laura se sabe de memoria ese número pero no el mío, piensa Itziar.

Le dice que no puede ir, que tiene que coger el primer avión. Que lo siente. Y promete llamarla cuando llegue a Bruselas.

Su voz es ansiosa, como si estuviese a punto de iniciar una carrera. Laura siempre habla por teléfono como si estuviera reunida. Al oírla, Itziar siente un alivio que no le hace sentirse culpable. Desde que ha hablado con Iñaki está deseando verle y además, en el fondo, le daba pereza esa conversación pendiente sobre Papá y Mamá. Se comerá un bocadillo rápido, se dará un último chapuzón y se irá.

Pero más tarde empieza a enfadarse. Con Laura no hay manera. Evita hablar de la familia, no sólo de su padre. Odia enfrentarse a las dificultades. La situación de Tere, cada vez más gorda, más abandonada, del dinero que gasta Mamá.

Cuando empezaron los problemas de salud de tío Luis, incluso cuando ya estaba muy mal, él pidió que la llamasen a Bruselas. Entonces ella dijo que no podía volar. Y eso que de pequeña Laura era su preferida. Le encantaban las niñas, las bromas, siempre traía regalos, pero a Laura la subía en las rodillas. Hubo una época en que Itziar pensó que se pasaba de cariñoso. Recuerda la tarde que se lo dijo a Mamá:

—Tío Luis adora a Laura. Me los he encontrado volviendo del parque y a tío Luis se le caía la baba con ella.

Lo hizo por joder a Mamá, ahora recuerda que ese verano Mamá mandó Laura a estudiar francés a un colegio de monjas en Tours.

Mientras come muy rápido sentada sobre la toalla de Disney que ahora está llena de migas, mira el césped perfecto rodeado de pinos. Hay grandes setos de hiedra que tapan alambradas que esconden la piscina de los ojos curiosos de *caddies*, jugadores de golf y tenistas de las canchas de al lado.

Dentro del jardín no hay nada que distraiga el horizonte de los socios, que hablan por los móviles y escuchan sus iPod tumbados al sol. Sólo algún periódico económico y algún bote de crema desordenan las toallas de colores suaves.

Hoy es por su toalla. Por ese pato grande que la mira a los ojos y sonríe mojado por la silueta de su traje de baño húmedo, pero le ha ocurrido otras veces. Siempre que viene aquí le da la sensación de no ser de esa guerra. Tiene poco que ver con estos tipos de bermudas floreadas y tan bien alimentados que se enganchan a sus aparatos minúsculos como a un salvavidas, pero le gusta venir a nadar en este agua tan limpia, poder hacerlo aunque sea una vez al año. Y sentir esa diferencia, saber que es distinta pero que, a pesar de su toalla, no desentona entre esos hijos de papá, ni entre esas mujeres mayores que se pasean con el agua a la cintura por la piscina bordeada de rosales que siempre están en flor. Necesito ser aceptada, piensa mientras ve que desde la caseta del guarda se aproxima, bermudas, niqui, toalla en mano, un antiguo novio al que hace años que no ve.

La última vez fue antes de casarse, ella no tenía las curvas de ahora pero tampoco la madurez que tanta seguridad le da.

En ese momento suena el móvil.

—¿No vienes? ¿Dónde estás? —dice Iñaki.

—Estoy en la piscina, ahora voy.

La cara de su antiguo novio le sonríe y ella le saluda desde lejos.

Al otro lado Iñaki dice:

—Te espero.

Itziar se da la vuelta y deja atrás a su ex novio clavado en el césped. Junto al río la esperan.

10

—Hueles a mujer ociosa —le oyó decir desde el interior de su abrazo.

Esa tarde fue distinta. Todo el verano ardía en la chapa de su coche, pero al abrir el portal de la casa de Iñaki, la frescura la reconfortó. A pesar de las piedras de granito gastadas y de que la puerta que daba a la escalera tenía un cristal roto, se sintió contenta de estar allí. Pensó que ese bajo al lado del Manzanares tenía más glamour para ella que la piscina de rosales altos.

Cuando él abrió, notó algo. Había una palabra en sus ojos que podía querer decir: «Me has cogido desprevenido», o «Estaba pensando en ti cuando llamaste», o «No me ha dado tiempo a ponerme la coraza».

Por primera vez no la arrastró a la cama sino que la abrazó sin sonreír y la miró como si después de la primera frase quisiese decirle algo más.

—Es fin de semana —contestó ella riéndose y abrazándole más fuerte.

No se había duchado y todavía tenía olor a cloro, a crema de sol.

—¿Es que eres otra los fines de semana?

—Pesado —dijo ella, y le llevó de la mano hacia dentro de la casa.

—Te sienta bien bañarte en las piscinas de la oligarquía.

—Mis padres eran socios. Yo casi no…

—Pero ¿no eres la roja de la familia?

—Plasta —y volvió a besarle como quien pide una tregua.

La música también la sorprendió. Esta vez era Brel. Iñaki defendía que para trabajar, para concentrarse, sólo valía la música clásica. En los primeros días hablaron de Brel y ella le contó su pasión por el cantante belga. La canción francesa le dio la sensación de que la esperaba. Tenía el ordenador apagado y le pareció que acababa de ponerse colonia y peinarse.

Je t'aurais dit… cantaba todo el salón.

—¿La conoces…? —le preguntó sentándose en el sofá.

Como si quisiera arreglar con esa música las paredes sobadas, las persianas rotas, el cenicero lleno de colillas. Como si la voz de su autor favorito fuera a rellenar los huecos de las grietas por donde se le escapaba la inspiración.

—Escucha, escucha la letra —insistió él.

Letras, palabras, eso es lo que le falta a lo nuestro, parecía querer decirle Iñaki. Era la hora de dejar ese sexo silencioso, traspasar las barreras y atreverse a decir lo que estaba detrás de todas esas tardes desde hacía seis meses. De cada uno de esos gestos de acogida y de despedida, de los cigarrillos apagados rápidamente en cuanto sonaba el timbre que anunciaba su visita, de las manos que la llevaban sin una palabra a la cama, siempre limpia, donde se abrazaban voraces y callados.

—Vamos a tu cuarto —pidió ella.

Iñaki no se resistió.

—Qué bien te queda esa falda —dijo desabrochándole los botones y quitándosela con suavidad mientras ella se soltaba las sandalias—. Tendrías que enseñar siempre las piernas.

Le quitó la camiseta de tirantes, la olió en su crema de sol, le pasó la lengua por los rincones de sabor a piscina como quien decide pasar unas horas en la playa. Hubo un momento en que el disco calló. Él seguía lamiendo centímetro a centímetro su vientre, sus muslos, su coño y ella sintió que de nuevo estaba en el fondo de la piscina y otra vez movió el cuerpo para nadar, para sentirse libre, mujer pez, bajo la lengua húmeda de Iñaki. Nunca la había amado con tanta lentitud, así que cuando la penetró tuvo la sensación de que tendría que moverse más para que el líquido de esa piscina la llenase hasta arriba.

Se puso encima de él y le ofreció los pechos mientras cerraba los ojos para no dejarse llevar por la emoción.

—Tus tetas grandes —dijo él con voz bronca—, cómo adoro estas tetas grandes. Déjame comerlas todos los días.

—Toma, chupa mis tetas, cómeme entera pero no te pongas romántico —dijo ella subiendo y bajando sobre su polla hasta que se corrieron los dos a gritos.

—Qué buena estás los fines de semana —dijo él cuando terminaron, rompiendo el silencio.

Itziar estaba mareada y no le contestó. Él volvió a ponerse serio y enseguida la besó en el cuello como sorbiéndolo.

—Cuántos hombres te habrán mirado los pechos en esa piscina.

Nunca le había oído hablar en ese tono.

—Déjalo ya —dijo ella, y le dio la espalda.

No, no fue sólo eso. Ahora recordó que, al llegar, Iñaki no fumaba. Y esa música. Itziar adoraba ese disco de Brel que ahora él volvió a poner.

—¿Otra vez? —preguntó ella.

—Un mensaje —contestó Iñaki, y las palabras llegaron a la habitación:

Je t'aurais dit toujours…

De nuevo en el dormitorio se oyó la canción. Lo no vivido. Frases llenas de subjuntivos inciertos que de antemano parecían presentir una catástrofe.

—Habíamos quedado en que no… —dijo ella.

Je t'aurais dit partons...

—Es sólo un disco.

Pero, cuando se miraron, dijo por fin:

—Hace tiempo que necesito decirte…

Et le temps est venu
Où tu ne m'aimais plus.

—Eres un terrorista —dijo ella cortándole.

—¿Cómo? —contestó él y se incorporó en la almohada con un movimiento brusco.

—Que eres un terrorista sentimental.

—No dejas que te quieran —respondió él mientras, con un suspiro, apoyaba los codos en la almohada y encendía un pitillo.

—No sigas —le cortó Itziar.

Harta de hablar giró la cabeza hacia la puerta y se escondió debajo del embozo.

Cuando le conoció se lo propuso. No iría ni un paso más allá del sexo. Pondría límites como tantos hombres. Por qué ellos lo consiguen y nosotras no, se preguntó en ese momento.

De pronto cambió de idea y, aunque le costó arrancar de la cama, lo hizo en un segundo. Ni siquiera se duchó.

—Me voy, tengo prisa —dijo, mientras se volvía a poner la falda y las sandalias.

Tomás no está pero mis hijos sí, pensó. Era mejor callarse y salir disparada. Iñaki, sin oponerse, se puso el albornoz azul y la acompañó a la puerta. Todavía, mientras ella se escapaba, intentó besarla.

—Hueles a cloro y a mujer amada. O, si lo prefieres, a mujer follada —le susurró cuando ya salía por el portal.

11

Se arrepiente de haberle llamado desde la piscina. No tenía que haberse saltado las reglas. Habían quedado en que se verían los viernes. Lo demás era su vida, la de cada uno. Pero sigue siendo sábado y algo, quizá notar a Iñaki distinto, la ha revuelto.

Ahora está deseando llegar a casa y ver a los niños dormidos. Quedarse sola en su dormitorio y descansar sin los ronquidos y el olor de Tomás a su lado.

Para en un semáforo y ve a tres mujeres de unos cuarenta años andando por la calle y riéndose. Acaban de salir de una cafetería, van cargadas de bolsas, son libres. Esas carcajadas de niñas grandes le recuerdan a Tere. Su hermana pequeña tiene una sola vida. Tan entusiasta con su trabajo, con su jefe, con esos primorosos platos de cocina que prepara cuando van sus hermanas. Y no tiene que dar cuentas a nadie. Vive sin estas zozobras de ir de acá para allá.

El sexo no es para tanto, se dice. Tere es la prueba de que se puede ser feliz, estar de buen humor alimentándose de una sola idea: la improbable mirada del hombre que tiene en el despacho de al lado. Y de mucha comida.

No sé por qué me complico tanto, piensa Itziar.

Ya lleva muchos días sin dormir como Dios manda. Esos viajes al otro lado de la ciudad la dejan excitada y feliz, pero sin sueño. Incapaz de dormirse cuando comparte el colchón con su marido. Mientras lo piensa, su cabeza sigue paseándose entre las puertas desconchadas, cerca del pitillo arrugado, entre los dedos amarillos por el tabaco, en la música de Brel que no deja de repetirse en su cabeza como un estribillo. Ya es tarde para Brel.

Qué poco sabe Iñaki de ella. El primer día, al salir del cine, le contó que estaba casada. Ahora se arrepiente, ésa es una conversación prohibida.

—No he venido aquí a hablar de mis problemas —le dice cada vez que él se acerca a ese territorio.

Pero sabe que su marido no es el problema, que es ella, su insatisfacción, su deseo de huir lo que le hace montarse en la moto y acabar en esa puerta que siempre la espera.

No le ha dejado traspasar el límite y hoy se ha dado cuenta de que ésa es su obsesión, saltarse esa barrera. Ni siquiera sabe que tiene hijos, aunque debe sospecharlo.

Lo que le permite seguir con él lo lleva ahí al lado, en la maleta del coche. Guardado en una bolsa de deportes de lona beige. El kit de amante. Un vaquero ajustado, una camiseta oscura, un frasco de perfume de Dior, gafas negras grandes, calcetines azul marino y mocasines planos. Y el casco de la moto. Nada más.

Por eso siempre es la misma cuando va a verle. Una mujer de cuarenta y tres años subida en una moto que, vista desde lejos, parece una adolescente. Otra regla que se ha saltado hoy: iba en coche y con falda. Por qué siente esa inquietud. Quizá la música y su lengua la han conmovido. No volverá a mezclar esas sustancias peligrosas.

En el parabrisas han empezado a caer goterones grandes y los truenos anuncian una tormenta de verano.

¿Y él? En estos meses ha contado muy poco. Conoce su casa, sus libros, su música, la cocina en desorden, su nevera siempre abarrotada, poco más. También él tiene secretos. Esas llamadas que recibe de su familia y que contesta en euskera no están claras. Por qué se pone tan tenso. Quizá son broncas de amantes despechadas o de una única antigua mujer. ¿Por qué no se lo cuenta?, la herencia de su padre no puede dar tanto de sí. Y siempre se queda tocado después de recibirlas.

—Quién habrá inventado la familia —suele decir después de colgar.

En los primeros días él le contó, como de pasada, que había problemas desde que su padre murió y que sus hermanos le acosaban para que volviese a Irún a ocuparse del negocio familiar. Ahora, ambos hablan de sus hermanos, de sus padres, eso está permitido. En sus conversaciones hay algo de ese tiempo en el que aún eran niños y no había una vida más allá de esa familia.

¿O es que está divorciado?, se pregunta. Pero la regla de Itziar, desde el principio, ha sido no expresar esas dudas en voz alta. Cada uno a lo suyo. Tiene mucho que callar, no quiere que Iñaki se meta en su vida. Nunca salen de ese bajo, ni siquiera han dado una vuelta a la manzana. Hay algo sospechoso en los dos. Hasta ahora han estado de acuerdo en que hay zonas de sombra que no deben alumbrarse. Hoy, al cambiar las reglas, ha metido la pata, algo se ha descolocado. Por qué está tan perturbada. Ha estado a punto de quedarse a dormir. Le hubiera gustado estar abrazada a él toda la noche, verle despertar y tomar unas tortitas con nata para el desayuno. Iñaki siempre presume de lo bien que cocina, pero nunca ha podido quedarse a cenar. Menos mal que se ha controlado a tiempo. Mientras lo piensa, se va acercando a casa.

Pero mi huida no ha sido normal, ha debido de quedarse hecho polvo, piensa, y aparca en un hueco cerca de su portal. Busca su móvil en el bolso y no lo encuentra. Se baja del coche y examina los asientos por debajo y abre la maleta para revisar cada rincón. Mientras está ahí en la oscuridad, bajo la lluvia y con los faros todavía encendidos, alguien la toca en el hombro.

—¿Has perdido algo?

Itziar da un respingo y se abraza al bolso.

—Uff. ¿Qué haces aquí?

—Vengo del aeropuerto. La reunión se resolvió pronto.

Ella apenas le mira y sigue investigando en el suelo del coche. ¿Notará que no me he duchado?, se pregunta.

—Qué susto me has dado. No encuentro el móvil. He debido de perderlo en la piscina.

—¿Qué tal Laura?

—Me dio plantón, pero me eché una siesta al sol y luego me he metido en un cine.

12

Enciende el ordenador nada más llegar. La pantalla se ilumina y otra vez siente que estrena algo, que abre un mundo que es sólo para ella, como cuando va al cine.

Hoy es la primera en la oficina, apenas ha dormido en todo el fin de semana, pero las limpiadoras han dejado su mesa ordenada, los suelos brillantes, las papeleras vacías y tiene la sensación de que también la noche ha pasado por esas superficies poniendo las ideas y las sillas en su lugar, las almas y las habitaciones ventiladas. A esta hora seguro que puede con todo, tiene la energía intacta, como una niña.

En cuanto intuyó la claridad detrás de la persiana y escuchó la respiración de Tomás se tiró del colchón. Quería huir. Luego le pareció que la humedad que empañó el espejo y los cristales de su cuarto de baño arrastraban de su mente los últimos residuos incómodos de esos dos días de silencios culpables. Tomás no parecía darse cuenta de su agitación.

Ahora se concentra, trata de olvidar el sábado con Iñaki que la ha obsesionado durante todo el domingo para poner en orden el programa del lunes. Cree que así ordenará también la semana y quizá su vida. Mide y pesa todo lo que le espera, recicla lo que sobra. De pequeña, el cuarto de baño de azulejos amarillos era el único sitio donde podía estar sola. Por eso esperaba a que las pequeñas se bañaran primero. Se perdía parte de la cena, pero se quedaba en la bañera con el agua hirviendo hasta que el vaho borraba el espejo y podía pintar con los dedos arrugados en los azulejos. Su cuerpo ruborizado no volvía a tener frío pasara lo que pasara.

Ahora que el cuarto de baño amarillo ha desaparecido, el refugio es su despacho. Su casa está llena de deberes que le impiden pensar. Por eso siempre empieza el día haciendo una lista: la reunión con el equipo para planificar la campaña de verano, forrar los libros de los niños, atender a ese cliente que no trae negocio pero que tampoco deja de llamar, el despacho con el jefe para convencerle de que le aumenten el presupuesto. Y tiene que ir a cortarse el pelo y a comprar bolsas de basura y fruta. El informe de ventas del último mes. Llamar a la asistenta. Y el maldito grifo que se quedó atascado. Quién sabe si el fontanero cogerá el móvil.

Su lista estaría clara si no existiera él. Si no se sintiera quebrada por esa duda. No quiere seguir pensando que está jodidamente enamorada, eso no se lo puede permitir. Lo perdería todo.

Todo lo que le ata. Tantos hilos invisibles. Y los niños todavía no saben lo que les espera. Aunque ellos se acabarán yendo conmigo, piensa. Cómo moverlos del cuarto de jugar donde se les ve tan felices. Tan ignorantes. Sabe que lo que pone en peligro su vida plácida sólo está en su interior. Es la única culpable de la debacle que se avecina. Silenciosa como un tsunami, subterránea.

No sabe luchar contra esa marea que la arrastra tan lejos. La misma fuerza que lleva a las olas a inundar las playas. Ve golpes de agua que arrastran muebles, zapatos, coches, personas. El barro lo anega todo.

Entra el jefe y le pide un informe para esta misma mañana.

—El presidente ha dicho «enseguida», y ya sabes lo que eso significa.

Le dan ganas de gritar que no quiere hacerlo. Hoy no. La claridad de hace un momento se ha borrado y el cielo está lleno de nubes negras, pero la película se ha detenido en el instante en que la inundación está a punto de llegar a la costa.

Ahora los papeles que la rodean son un orden que no entiende.

Porque unos niños de siete y nueve años, los suyos, sus hijos, deberían tener derecho a pensar que su mundo es estable, que sus padres se quieren y que estarán juntos pase lo que pase. Incluso a imaginar que su casa guardará la temperatura que ahora tiene y que no se caerán las paredes porque una tempestad de viento las castigue.

Como el cuento de los tres cerditos. Pequeños y solos, la hacían llorar de pequeña. Temblaba cuando el lobo aparecía. Las casas sucesivas arrasadas en cada escena. Y Teresa le rogaba a Mamá una y otra vez que lo repitiese. Itziar no quería llorar, era la mayor, pero esos cerditos sin madre y sin casa... Ahora sus hijos tendrán que compartir la ruina. Esa sucesión de derrumbamientos. No, no tienen por qué sufrir esa destrucción que está sólo en mi interior, se dice.

La llaman por teléfono. Hay una reunión en la planta del presidente.

Y tiene los ojos hinchados, enrojecidos. En el espejo del bolso hay arrugas nuevas.

Pero hay más cosas. Cuando sale por las mañanas, la luz seca del sol sobre las fachadas de piedra de su barrio. Tendrá que cambiar de calle si se va. La inundación se lo llevará todo.

Perderá la vista de la plaza, el frío en las mejillas al abrir la puerta, el saludo leve de Ángel, el chico de al lado, que en ese momento levanta la persiana del local donde le ve servir copas hasta las tantas. Sus ojeras, su palidez trasnochada. La luz que da la vuelta a las esquinas de su calle. La espalda de la portera de enfrente, que barre el mármol de la escalera. Su bata azul de cuadros a modo de guardapolvos encima de la ropa y su saludo. Esos gestos que abren las aceras cada mañana.

Mientras se pinta para tapar sus mejillas rotas, llama Tere. Mamá está tosiendo más de lo normal. Y a ella le duele la cabeza. No han dormido en toda la noche, dice Tere quejándose. Tampoco yo he dormido, le gustaría decirle, ni creo que pueda volver a dormir hasta que consiga quitarme esto del corazón. Pero Tere no la entendería. Jamás ha estado con un hombre, en eso es como una niña.

Se mira otra vez, se le ha corrido el rímel. Así no puede ir a ninguna reunión, a este paso llegará tarde.

¿Tendrá esta misma energía cuando esté sola? ¿Qué pasa si sus hijos se quedan con él?

Cuando esté sola. Pero no puede más. Ese control de los dos sobre sus gestos. Terco, cruel, interminable. Ninguno sabe, aunque es como si ambos supieran. Su cara es un cuaderno en el que pueden leer lo que siente, lo que va a decidir en cuanto tenga un poco más de tiempo para pensar. Sus cuatro ojos escrutándola.

Suena el teléfono y no va a descolgar. Se vigila la cara. Parece que la piel vuelve a su color. Sin embargo, no tiene ganas de hacer nada. Sólo patinar sobre la pantalla del ordenador y no pensar. Ni siquiera ahora dejan de asomarse las líneas de ese informe pendiente. Esa campanita que le recuerda que alguien está esperando un papel importante para la empresa.

Llaman otra vez.

—¿Cómo lo llevas? Te dije urgente.

Eso dice su jefe, que ella es imprescindible para esta empresa. Y se lo cree. Sus obligaciones como medusas.

Iñaki le dijo el viernes que quería tener hijos. Y luego, con una mirada cómplice:

—Quiero tener hijos contigo.

Ella se lo tomó a broma. Una manera más de atraerla que no era coherente con ese ser solitario tan amante de su libertad. Ahora piensa que podrían tener hijos, aún están a tiempo. Aunque uno no debería pensar en los hijos cuando se trata de una pasión. Sólo en los cuerpos. Su movimiento sinuoso, enhebrado, a la par. Como si lo hubieran ensayado mil veces. El placer que se acerca poco a poco, esa marea. El olor cuando su sexo está en su mano, en su boca.

Aquellas palabras y los brazos de Iñaki. Es como si a los dos les gustara la misma droga dura, el mismo tipo de alcohol, jugar a la ruleta. Volver a empezar. Levantar el vuelo como en los sueños de anoche.

Pero cómo volar, se pregunta, si hay que hacer la compra y se pasa el plazo para rellenar el impreso de la renta.

Y vuelve a sonar el teléfono.

Está cansada, le hacen falta unas vacaciones.

Tendrá que arreglarse, volver a pasarse un clínex húmedo por los ojos, lavarse la cara y subir al piso enmoquetado donde se toman las grandes decisiones.

—Te has retrasado —dice la secretaria del presidente riñéndola como si disfrutase con su demora.

A la sacerdotisa del poder le encanta practicar la tortura con los esclavos, piensa Itziar dándole la espalda. No quiere reconocer que siempre que sube a la planta noble le impone el silencio de ese décimo piso. Está acostumbrada a oír sus propios pasos acompañados de la música de los tacones sobre el mármol pulido. Aquí esos mismos tacones se hunden en la alfombra de lana gruesa.

Ahora, sin sonreír, la secretaria le indica que entre inmediatamente a la sala de reuniones.

—Llegas tarde —le repite el presidente desde el centro de uno de los lados de la inmensa mesa de juntas.

—Pero soy la primera —responde, y sonríe aliviada al darse cuenta de que está sola mientras se dirige a su encuentro por el otro lado de la mesa.

—No, la reunión es dentro de un rato. Antes quería hablar contigo.

Le indica con un gesto que se siente justo enfrente de él, donde siempre se ponen los clientes.

Antes de entrar, la moqueta gris plomo había subrayado el silencio, ahora la mesa de haya que se extiende a los lados de ambos acentúa el poder del presidente.

—Itziar, nos tienes muy preocupados —dice mientras inclina levemente hacia delante su silla para mirarla a los ojos.

—¿Ah sí? —responde ella, que intenta parecer sorprendida mientras se acaricia las mejillas con los dedos para quitarse, con un gesto inútil, los restos de las lágrimas.

—Llevas cinco años aquí y eres fundamental en esta empresa. Dime qué es lo que te pasa. Si no, no podré ayudarte.

—Pero ¿por qué lo dices?

Itziar está desconcertada, no sabe bien de qué se le acusa. ¿Notará que he llorado?, se pregunta.

—Estás distraída, se te han acabado las ideas. Mira estos gráficos, hace dos meses que no produces un solo proyecto interesante.

Mientras lo dice le tiende, a través de la mesa, un papel donde están anotados los nombres de todo su equipo y una curva con la cifra de negocio del año.

—Has perdido el don —añade muy serio, sin mirarla a los ojos.

—No te preocupes, lo recuperaré. He estado un poco cansada, nada importante.

Ahora con una mano se restriega los ojos, como si tuviera sueño.

—Cuídate, tienes mala cara. Recuerda que necesitamos tu creatividad. Aquí no estamos para calentar la silla.

—Si han sido sólo unos días…

Intenta mirarle a los ojos, y sus manos tiemblan.

—Si tienes problemas, pide ayuda, medícate, ve al psicoanalista, haz lo que te salga de los cojones. Pero el trabajo no se puede resentir.

Su voz ha ido creciendo de volumen, la última frase la ha dicho gritando. Ahora se levanta y se vuelve de espaldas a ella como si sólo le interesaran los techos de la ciudad que se ven a través de la enorme cristalera. Ella sigue en silencio, mientras él añade:

—Te daré otra oportunidad y, si no reaccionas en unos días, te dejaremos libre para que busques otra empresa.

—Pero si…

—Nada de peros, es lo que hay. Tienes talento, no lo descuides.

Después, sin una pausa, le dice a la secretaria que entren los demás.

Durante la reunión no abre la boca. Los cinco jefes de área han debido de oír la bronca del jefe. Estaban junto a la puerta. Esperaban callados, dóciles, en un pequeño grupo, como si rezaran juntos. Y, al entrar, ninguno sonreía. Ella tiene un nudo en la garganta.

El presidente anuncia una reunión para planificar el segundo semestre.

—Nos iremos dos días al Parador de Gredos.

Ella ya no estará allí. Sabe que la van a despedir. Cuánto necesita ese trabajo que lleva años despreciando. Se quedará vacía sin ese vértigo, esas prisas, la sensación de que puede con todo. Echará de menos los viajes, las reuniones de equipo, las comidas con los clientes. Pero sobre todo la búsqueda de la excelencia en lo que hace, el hallazgo mágico de las palabras que venderán millones de desodorantes, planchas, automóviles, y luego sus frases repetidas en la televisión, en las radios, en las fachadas de la ciudad, en los autobuses y en el metro… Y, de repente se da cuenta, dependerá de Tomás. Sola, no podrá mantener a los niños.

Cuando se acaba la reunión, el presidente la retiene. En un momento su cara ha cambiado y ahora está pasándole el brazo por los hombros con calidez.

—No te lo tomes así. Sólo es un aviso.

—Es que no comprendo por qué…

—Tomás también lo ha notado. Lo comentamos el otro día en el golf. Estás como ida.

—No te preocupes, ya estoy mucho mejor —agrega ella, y sale corriendo hacia su despacho.

Cabrones machistas, piensa por el camino. Y todavía es lunes.

—Unos cabrones, son unos cabrones machistas —dice nada más llegar a casa de Iñaki.

Ha hecho falta esa amenaza para que Itziar se salte de nuevo las reglas y le hable a Iñaki de su marido. Le cuenta que su jefe y Tomás son amigos y que han debido de adivinar algo.

—Me están amenazando.

—Pero ¿por qué trabajas con ese tipo? Estás dilapidando tu talento. Sirves a unos intereses que no son los tuyos.

Iñaki le recuerda lo que le gusta la literatura, las conversaciones que han tenido sobre su vocación primera. Le dice que el mundo no se acaba en su empresa. Hay otras salidas.

Por primera vez le siente cercano, compañero, un hombre que la apoya, que la valora.

—Es humillante que, hasta para despedirme, mi jefe me recuerde que es amigo de mi marido. Y además estoy con fiebre, tengo frío.

Esa tarde no hacen el amor porque ella está tensa y él le da un masaje en la espalda con aceite de romero. Poco a poco ella va entrando en calor.

—Qué manos tienes.

—Te voy a preparar un vaso de leche caliente con coñac y un bizcocho de nata que hice esta mañana. En vez de follar, vamos a merendar.

13

—Ven enseguida, te espero.

A Itziar le emocionó la calidez de su voz por el teléfono. Por eso le pidió que quedaran en el Comercial. Prefería hablar con él en un terreno neutro.

—No me gusta salir de casa —había repetido él una vez más, como siempre que ella, en esos meses, había intentado sacarle a la calle.

Pero ella insistió. Sabía que en el piso de arriba y a la hora de siempre, estarían tranquilos. Oyó que su voz se tensaba.

—¿Qué pasa? —preguntó.

Itziar le pidió que por una vez le diese ese capricho. Esa tarde sólo quería charlar con él, le dijo mientras pensaba: tengo que hablar con él.

Cuando se acercó al café le vio desde fuera, a través de los grandes ventanales. Estaba sentado al fondo, en la parte más oscura, al lado de los lavabos. Parecía escondido. Le chocó verlo entre la gente, siempre se veían a solas.

Desde lejos le pareció pequeño y más frágil que en su casa, como si la multitud que le rodeaba le asustase. Pero fue sólo una impresión pasajera. Cuando se encontraron, ella le repitió que arriba estarían más tranquilos.

—Hay un campeonato de ajedrez. Pero ¿por qué hemos venido aquí?

No se había afeitado. Ahora, sentados frente a frente, le pareció ridículo su móvil colgado del cuello y apoyado sobre el mármol de la mesa.

Era viernes y eran las seis de la tarde. La hora en la que, desde hace meses, hacían los descubrimientos, jinetes galopando en las llanuras, los lagos y las montañas de sus cuerpos.

Itziar le miró a los ojos y vio a otra persona. Será por la luz, pensó. El topo había salido de su madriguera y, fuera de su casa, sus ojos se movían de un lado a otro como si, a pesar de estar sentado, un asesino le persiguiese por las esquinas lúgubres de la ciudad.

Eran las seis y cuarto cuando él pidió un gin-tonic y unas patatas fritas y ella pensó que era demasiado temprano para beber alcohol.

Ella pidió un exprés y él dijo:

—Es demasiado tarde para tomarse un café negro.

Llevaba una chaqueta grande de lino crudo como heredada que le hacía parecer escuálido. Ella se fijó en las mangas y no supo si era que estaban gastadas o que necesitaban pasar por el tinte. Era la primera vez que Iñaki le daba pena.

—Quiero hablar contigo del futuro —le dijo cogiéndole las manos y acariciándoselas.

—¿De qué futuro? —contestó él moviendo las manos hacia su pecho y apartándolas de las suyas.

En ese momento apareció el camarero y el ruido del vaso, la taza y el plato de patatas fritas sobre el mármol interrumpió su conversación.

Ella volvió al principio:

—¿Qué te parecería si nos lo tomásemos más en serio?

—¿Cómo?

—Quiero dejar a Tomás —dijo mirándole a los ojos con mucha atención.

Él desvió la mirada.

Ella, para llenar ese vacío, añadió:

—Necesito apostar por lo nuestro, pero quiero saber lo que piensas tú.

Nada más decirlo, se dio cuenta de que Iñaki nunca le había pedido que le contase nada y menos que abandonase su vida con Tomás. Esas palabras podían separarles. Él empezó a mirar el vaso de gin tonic, a coger las patatas fritas y romperlas. Mientras pasaban los segundos, Itziar podía darse cuenta de su perplejidad.

—No dices nada —insistió ella, y enseguida se arrepintió.

Qué error. Era patética. Sin saber por qué se acordó de Tere. Y ella era la que le decía a su hermana que lo mejor era ser dura con los hombres...

—Me gustas y te tengo cariño, pero piénsalo mejor. No soy hombre de una sola mujer...

—¿Es que hay más mujeres?

—Ahora no, pero seguro que... No me puedo comprometer a nada.

—El otro día con la canción de Brel entendí que...

—Una canción es una canción.

—Pero tú...

Itziar sintió que las palabras actuaban por su cuenta, independientes de sus sentimientos, y que levantaban un muro de hormigón que fraguaría en pocos segundos.

—No puedo darte lo que te da ese Tomás, así que mejor no le dejes. Hay tanto de lo que no hemos hablado

—dijo él, y ella lo oyó como si él cortase una tarta por la mitad y la tirase al cubo de basura sin probarla.

—Entonces es mejor dejarlo contigo.

—Dejar qué. Si lo nuestro no existe.

También él ponía altura, grosor a esa pared.

—¿Cómo que...? —dijo ella, y sus labios hicieron un garabato. Trataba de aguantarse las lágrimas.

—Si ni siquiera te has atrevido a hablar de lo nuestro con tus hermanas. Y tenías razón, nadie habla de lo que no existe.

Mientras lo decía, Iñaki se bebió todo el gin-tonic y le hizo un gesto al camarero para que le sirviese otro.

De repente, después de hacerlo, se cubrió la cara con las manos y ella temió que estuviera llorando. Pero no. Cuando se destapó, sus ojos miraban a una mesa cerca de las ventanas donde una pareja se acababa de levantar y se iba. Su rostro ahora parecía distinto. Como si haberlo escondido le hubiera apaciguado.

—Y yo, ¿qué? —contestó Itziar—. Tampoco sé si tienes familia. Te llaman por teléfono y te encierras, hablas a media voz. Eso es todo lo que sé.

—Ése era el trato —dijo él, y su sonrisa le recordó a la sonrisa distante de Mamá.

Dejó que el camarero llenase el vaso largo de ginebra y le añadiese un poco de tónica.

—No se corte —le dijo muy tranquilo para que el hombre apurase el alcohol de la botella.

Ahora era ella la que volvía a tener ganas de llorar. Se arrepintió de haberle citado allí, tenía la sensación de que los vigilaban. Otro error. Qué más da que sea la última vez, pensó. Me hubiera gustado hacer el amor de nuevo. Y llorar a gusto, sin testigos.

Pero dijo:

—Una relación sexual, ni más ni menos, eso soy para ti.

Sabía que mentía y que estaba poniéndose en ridículo. Ni una heroína de un culebrón venezolano sería más patética, pensó, y quiso irse.

—Lo nuestro es un apaño, no una relación.

—¿Cómo? —dijo incrédula.

—No te fías de mí —insistió él—. No sé dónde vives, ni dónde trabajas.

Iñaki encendió un pitillo y ella le acercó la mano. Durante unos minutos ninguno de los dos habló. Se quedaron un rato en silencio cogidos de la mano como dos novios jóvenes. Otra vez sin pasado y sin futuro. Un instante que era sólo presente y que quizá no se repetiría. Entonces Itziar deseó haberle conocido antes y haber sido su novia. Haber quedado en el portal de casa de Mamá y haberse sentado todas las tardes en las terrazas de Rosales a ver el atardecer del verano con una horchata. Ni siquiera le importó que esa escena, que todas las escenas parecieran un culebrón, lo único que quería era no perderle, que la historia acabara bien. No tenía otra vida, su futuro era él. Pero enseguida se dio cuenta de que también en eso se había equivocado. Iñaki no era el compañero que podía hacer que su vida cambiase.

Su voz, esa desconocida que esa tarde hablaba por ella, dijo:

—Me tengo que ir.

Lo que quería era dar marcha atrás, que nada de esto hubiera sucedido. Qué error, pensó de pronto.

Mientras dudaba entre si irse o quedarse de nuevo mirándole en silencio, se dio cuenta de que tampoco el cuerpo que en ese momento se ponía de pie era su cuerpo.

Y, al acercarse para besarle en la mejilla, notó que su aliento olía a ginebra.

—Te llamaré —dijo él.

—Por favor, no... —casi gritó ella sin darse la vuelta, y avanzó por el pasillo tropezándose con las mesas abarrotadas hacia la puerta giratoria de la salida.

—Lo haré —insistió él en un tono tan bajo que ella no pudo oírle. Se subió las solapas desgastadas de la chaqueta de lino, se puso las gafas de sol y se levantó muy despacio, como si le costase arrancar.

14

Se fija en Tere. La lentitud con la que cubre de sal y pimienta la piel del pollo. Ahora busca la brocha en el cajón. La impregna de aceite de oliva y la pasa con mucha parsimonia, y como acariciándolos, por las pechugas, los muslos, los contramuslos y las alas del animal desplumado que, perdida la cabeza, se posa encima del mármol blanco de la cocina de Mamá.

Ella está con la cara lavada y su melena rubia, recogida en una coleta, se deshilacha por detrás. Lleva puestos unos vaqueros viejos que le están grandes.

—Los únicos que me quedan cómodos —le dice a Itziar cuando ve que la observa—.Y para cocinar qué más da.

Su cara está roja y hay un brillo ligero de sudor en su frente mientras se mueve por la cocina.

Itziar ha ido a comer a Altamirano con la esperanza de que suene el teléfono y que sea él. Es la única pista que tiene para localizarla. Su silencio la abruma. No pensaba que le extrañaría tanto. Al salir del garaje de su casa ha visto la moto cubierta de polvo. Quince días desde la conversación en el Comercial y sólo queda polvo y silencio. Teme los viernes. Quizá sea mejor así. Se arrepiente de haberle dado el teléfono de Altamirano, pero, al mismo tiempo, necesita que llame. Cuando Tere termina la tarea, el pollo está brillante, cubierto de lentejuelas de trocitos de ajo, con adornos de orégano y de perejil. Luego, antes de introducirlo en el horno, le mete dentro una pastilla de caldo y un limón, como si le pusiera una lavativa. En la calle hace calor y en la cocina, la temperatura del horno las hace sudar.

Pero ella sigue con la cabeza en otra parte. No le ha debido de parecer grave el hecho de perderla. Quizá ya la ha sustituido. Algunos hombres son así de libres, sin compromisos, sin corazón, piensa furiosa.

Aquella tarde, hace más de un mes, fue fresca. La primavera acababa de empezar. Estaban en la cama después del amor. Ella le abrazaba recostada sobre su hombro sintiendo con los ojos cerrados el olor del humo de su cigarrillo. Odiaba el tabaco, pero en Iñaki no le importaba. Desde el principio fue así, después del sexo él fumaba y miraba a lo lejos. Entonces sonó el teléfono, él desvió los ojos hacia la pantalla y, desenredándose de sus brazos, se levantó a hablar al otro cuarto.

Al verle desnudo y de espaldas pensó que amaba ese cuerpo blanco, delgado y largo y se fijó en el contraste de la piel con la cabeza oscura y la barba tupida. Ella tenía la cara irritada por el roce de esa barba. Todavía recuerda el daño y la excitación de esa caricia brusca que le dejaba marcas, el maquillaje que tuvo que comprar para tapar esa inflamación de la piel antes de volver a casa.

En la cocina de Mamá empieza a oler a la cebolla que se dora en la sartén. A Itziar le sorprende su hermana. Se mueve con concentración extrema, en silencio. Ajusta el fuego del horno como si estuviera manejando una bomba atómica. Le encantaría contarle a Tere lo que le pasó, lo que le echa de menos, pero sabe que se lo diría a Laura, incluso se lo acabaría contando a Mamá. Esa historia irrumpiría en su pequeño mundo de sartenes y ollas de acero inoxidable y la escandalizaría. Todavía tiene el entusiasmo, la ingenuidad de las vírgenes. Y adora a Tomás, más vale no decepcionarla.

Hace tanto calor que la cara le empieza a arder. Como Tere está poniendo la mesa, corta el pan y vuelve a mirar en el cristal de aquella tarde.

Esas llamadas siempre le separaban de ella de un golpe brusco.

Aquel día, mientras intentaba escuchar la conversación apagada de Iñaki, que le llegaba confusa y lejana a través de la puerta del cuarto de baño, le imaginó con otra amante que también tendría la piel de las mejillas abrasadas por su barba, jugó con el recuerdo de su respiración ronca al hacer el amor, le acostó en otra cama, en una habitación del País Vasco con el monte Jaizkibel asomando a la ventana, las olas del Cantábrico riendo en su cara. Luego quiso librarse de ese pensamiento, se incorporó y volvió a tumbarse, se tapó la cabeza con las sábanas para intentar no mostrar su angustia cuando él volviese con ella. Sabía que después de colgar siempre se quedaba serio, pensativo, y cuando al rato volvía a hablar, era como si regresase de un país lejano.

Mientras Tere corta la lechuga en trozos minúsculos para que apenas haya que morderlos, Itziar se da cuenta de que en casa de Mamá todo está medido, que después de las comidas nunca sobra nada.

—Pasaremos hambre —le dice a Tere—. Pon unas patatas en el horno.

En ese momento suena el teléfono y se sobresalta. Pero Tere se lanza a cogerlo.

—No, se ha equivocado de nuevo —dice Tere enfadada—. Aquí no es.

Y luego a Itziar:

—Hay un plasta que no para de llamar.

Qué bien huele el pollo de Tere. Ojala volvieran a llamar y fuera él. No, mejor olvidarle, ya estará con otra.

Tere sigue moviéndose por la cocina. Lo hace con seguridad, como si fuese la dueña de una empresa.

Aquella tarde algo grave debía de estar pasando al otro lado del teléfono, porque de pronto su voz se alzó y era tensa, alarmada. Ahora se pregunta qué serían esas llamadas misteriosas. Su familia, pensó entonces. Esa gente de la que nunca habla. Quizá él también tiene hijos en esa tierra lejana. Quizá no soy la única que se oculta, pensó, y estuvo a punto de... Le dio pena verle preocupado.

Sabía que era mejor no preguntar. Aun así arrancó una hoja de su agenda y escribió el teléfono de casa de Mamá. Fue un gesto irracional. O el deseo oculto de seguir en su vida mientras quizá él estaba planeando abandonarla por otra. Fue hace apenas un mes, en ese momento todo era aún provisional. Sólo la rutina es definitiva.

—Mamá me desespera —dice Tere interrumpiendo sus pensamientos—. Ahora mismo ha descolgado el teléfono. No es normal, cada vez que alguien llama lo hace. Y si es para mí, se queda escuchando.

—Haz tu vida, no te obsesiones con ella. Y pon un poco de pimienta al pollo.

Itziar vuelve a pensar en aquel día en la casa de Iñaki.

Cuando él volvió a la cama, una pequeña arruga marcaba su entrecejo.

—¿Pasa algo? —le preguntó.

—Nada importante —dijo mientras volvía a abrazarla ocultando los ojos de su mirada.

—He dejado en el cajón un teléfono por si alguna vez me necesitas —le dijo Itziar entonces. La arruga, que hacía sólo un rato no existía, seguía instalada en su frente. Pero su boca reía.

—¿El de tu casa? —preguntó él—. Qué novedad.

Su voz irónica era ahora amarga.

—No. Es sólo por si pasa algo grave. No lo uses.

Si hubiera sabido…, aunque no se lo confiesa a sí misma, todavía espera en secreto que...

—Por cierto, llamó un amigo tuyo —dice ahora Tere interrumpiendo sus pensamientos—. Preguntaba por tu móvil, no tenía el número nuevo.

—¿Y se lo diste? —contesta Itziar.

—No, no me atreví porque no me dio su nombre. Sólo soy un amigo, dijo.

—¿No te dijo su nombre?

—No, pero al colgar comentó que tú y yo teníamos la voz idéntica.

—Si vuelve a llamar, avísame. Y no le des mi teléfono.

Qué bien huele el pollo de Tere.

Itziar hizo esa misma receta heredada de Mamá el día anterior. Recuerda cómo echó el aceite sobre el pollo y después, con las manos, lo embadurnó de ajos y perejil, y que mientras lo hacía tenía que lavarse las manos para dar de comer a los niños y preparar la comida de Tomás al mismo tiempo que atendía a un cliente por el móvil. Cortó dos limones por la mitad, les quitó las pepitas y esparció el zumo sobre todo el pollo y más tarde añadió sal gorda y pimienta. Tardó menos de medio minuto en rehogarlo en la olla y luego lo metió al horno, que ya estaba caliente. Y, si lo piensa, ella nunca ha tenido una brocha para pintar el pollo, lo hace todo rápido, con la mano y sin perder tiempo.

En la mesa, el pollo de Tere está justo en su punto pero soso. Sus sabores suaves se mezclan con mucha delicadeza, aunque sin energía, con el arroz blanco. Recuerda el pollo curruscante y grasiento que le salió a ella. Y su sabor a pimienta y a limón mucho más notorio. Lo puso con patatas asadas con mantequilla, tomatitos asados con orégano y una ensalada de aguacates, endivias y lechuga. La lechuga de Itziar estaba troceada con las manos en pedazos grandes y con mucho aceite; la de Tere, en trozos minúsculos para que apenas haya que morderlos. Y un poco escasos. En casa de Mamá todo está medido. Después de las comidas nunca sobra nada.

Si fuera Laura, piensa Itziar, habría comprado un pollo ya hecho en el Rincón del Gourmet y lo habría servido con una salsa india de yogur o una salsa china agridulce y un puré de castañas de las que se venden envasadas en frascos de cristal. La comida que le gusta a Laura es dulce o picante, según el día, pero siempre importada.

Y mientras comen se fija en el desorden de la casa, y Mamá le está diciendo a Tere:

—En mi cuarto no entres. Ahí no toco más que yo. No cojas mis joyas, no te pongas mi ropa, no mires mis papeles.

—Entonces no me pidas que te ayude a buscar las gafas cuando se te pierden —contesta ella.

Es como si fueran dos niñas pequeñas.

Laura ha venido a comer porque ha tenido una reunión en Madrid, pero ha llegado diciendo que estará dos minutos, que ya está camino de Bruselas. Justo antes de irse, se pone el chaquetón de piel de Mamá. El que le regalaron entre las tres las últimas navidades.

—¿Me lo prestas, Mami? Allí sí que hace frío. En primavera te lo traigo.

Y Mamá sonríe encantada de que a Laura le guste su chaquetón, olvidándose de que fue ella misma la que lo eligió y sin darse cuenta de que es de su talla, de que en realidad, piensa Itziar, cuando se encargó de comprarlo con el dinero de las tres, ya pensaba quedárselo.

—A cambio te dejo el mío —dice saliendo por la puerta.

En cuanto se quedan solas, Mamá se va a dormir la siesta. La única que la divierte es Laura.

15

Ayer se encontró con sus brazos, estaban tirados encima de la cama. Abiertos como un pijama colocado por el camarero de un hotel, preparados justo para ponérselos.

Se introdujo entre las sábanas y volvieron a abrazarla con fuerza. Vistos de frente, los pelos que los cubrían eran oscuros, en cambio, de lado, a la luz de la lámpara, tenían un brillo rubio. Sintió su calidez, la ternura de Iñaki volvió a conquistarla. Reconoció su piel, era blanca con un toque de rojo en los pliegues de los codos y las axilas. Sus brazos la apretaron y después se quedaron enredados en los suyos. Tuvo que moverse. Cambiar de postura porque su opresión, ya dormidos, casi no la dejaba respirar. Pero le daban calor.

Y también ha venido en trozos más pequeños. Cada vez que va al cine y las luces se apagan vuelve su mano derecha y se posa como una nube suave sobre su muslo izquierdo, igual que ese primer día en que fueron juntos a ver la de Bergman. Recuerda que luego, en las Vistillas, ese gesto casi imperceptible que él hizo varias veces, como sin darse cuenta, estaba entre ellos, marcó todas sus miradas posteriores, su conversación se hizo más íntima, su voz más callada. Y el cielo vuelve a temblar ahora cuando esa misma mano se introduce debajo de su falda.

Y aunque no sea viernes, ni sea todavía de noche, también viene ese trozo de mirada, la esquina de sus ojos, y la despide apoyado en la pared del hall y le recuerda:

—Vuelve enseguida, no te me distraigas.

Ahora siempre viene a trozos.

Sus manos la sorprendieron hace un mes en el supermercado. Era sábado, iba con Tomás. Tenían el carro lleno. Aparecieron entre una caja de Kellogg's y un bote de Nocilla y se pasearon entre los pliegues de sus piernas y debajo de sus pantalones vaqueros. Tuvo que dejar a su marido en la cola de la caja y entrar en el cuarto de baño a refrescarse. Menos mal que él no se dio cuenta.

Esta mañana al levantarse ha sido su boca. Tomás ya se había ido a la oficina. Sus dientes carnívoros atraparon sus labios, ella abrió las mandíbulas y la lengua de él se coló entre su lengua y sus dientes y sorbió hasta la última gota de su saliva. Se mareó. Estaba vistiéndose y tuvo que volver a meterse en la cama. Sintió esa lengua más allá del estómago, el sexo hirvió y tuvo que hacerse líquido otra vez. Sólo cuando le ha dicho «suave, amor, suave que me ahogo», ha dejado de morder sus mejillas, su paladar. Sólo entonces ha parado de masticar sus pezones. Ha llegado tarde al trabajo.

Ahora teme esos trozos de Iñaki y a la vez los espera. Le quedan esos trozos y la esperanza de que alguna vez… pero ya no recuerda su cara.

II

TERESA

1

Hoy vienen a comer. Y Mamá todavía está en la cama con un cigarrillo en la boca, piensa Teresa mientras se mueve por la cocina con soltura. Y todas las sábanas quemadas.

Tere limpia las zanahorias y Mamá tose. Pela las cebollas y sigue tosiendo. Tengo que darle las gotas hasta que deje de toser, hasta que ese ruido se apague, se dice.

Durante el día Mamá es cállate, no seas idiota, tráeme el jersey, esta sopa está fría…, pero por las noches es un recién nacido. Tose, la llama y, si tarda en acercarse, llora. En la cama se asfixia. Y Tere tiene que levantarse varias veces cada madrugada. Por eso hay noches en las que no consigue dormirse, sólo espera en la oscuridad su próximo espasmo.

Cada vez que se acerca a su cuarto le pide las gotas, Tere las tiene escondidas. El médico se lo dijo muy claro: no abuse, son medicamentos peligrosos, nada más para las crisis agudas. Pueden producir efectos secundarios. Sin embargo, ella insiste cada noche en que su hija le ponga más dosis en el cuentagotas.

Bastaría con hacerle caso, dejarlas en la mesilla, cerca de su mano, y decirle que las tome ella misma. Así Tere no tendría que levantarse justo cuando está cogiendo el sueño. Y dejaría de toser. Pero si sucediera algo no se lo perdonaría. Aunque siente que nadie la podría acusar, bastante hace. Lleva años cuidándola, nadie se lo reprocharía.

Ahora que no la oye, mientras está sola en la cocina y lava las zanahorias, corta la cebolla en rodajas, trocea el pollo desde la cabeza hasta las alas, lo piensa y le da miedo. Cuando corta el cuello con el cuchillo grande sobre la tabla, apenas sale sangre. También el cuello de Mamá es sólo piel y huesos. Todavía queda alguna pluma que termina de chamuscar en los fuegos de la cocina.

Lo mismo si bajase sola al rosario, sin la colombiana…, siempre se precipita al cruzar Princesa. Se lanza sin mirar como si fuese la dueña de la calle, quiere demostrar que todavía puede. Dejarla sola en esa aventura. Le encanta hacer la diagonal, situarse fuera del paso de peatones y atravesar la calzada de espaldas a los coches. Nadie podría culparla, piensa Tere.

La echaría de menos. La quiere, siempre la ha adorado, es su tos lo que no soporta.

Y hay más cosas. Su pelo enredado por detrás, su cara gris por la mañana cuando se pasea por la casa en ese camisón de felpa. Con las tetas caídas y ese olor agrio…

Luego se pasa horas en el baño. Siempre se empeña en quitar la alfombrilla de plástico, con un gesto simple la despega del suelo de la ducha. Tere teme que se caiga. Un resbalón. Son frecuentes, normales, nadie se daría cuenta.

Ya tiene el pollo limpio, listo para la cazuela, pero aún hay que recoger la cocina. Dentro de un rato vienen ellas.

Cómo la quería cuando era pequeña. Ahora sólo oye su tos.

2

Mamá era perfecta.
La recuerda volviendo de la calle, las mejillas
encendidas, los ojos brillantes, esas faldas de vuelo que
usaba entonces o los vestidos de lana enteros que se le
pegaban al cuerpo. Jamás usaba el ascensor, decía que
las escaleras la mantenían en forma. Y aunque su respiración era irregular, su cara de actriz seguía enmar-
cada por rizos ordenados, oscuros y brillantes. Pero, se
acuerda ahora, por detrás su pelo estaba revuelto.
Como si hubiera estado tumbada y no se hubiese acor-
dado de peinarse. Una muñeca de dos caras. Sería por
las prisas. No, nada que ver con el nido de ahora
cuando despierta, entonces era sólo la marca de un
descuido. En esa época no paraba quieta, pero siempre
sonreía.

A veces ha notado ese mismo modo de despeinarse
en Itziar. A menudo se le revuelve el pelo por detrás
como si el viento se lo hubiera movido y un frío polar
hubiese congelado su gesto pasajero.

Mamá era delgada, su voz también lo era. Y Tere no
dejaba de mirarla, quería ser como ella. Todas las noches iba a la habitación de las niñas y les contaba cuen-
tos que Tere no ha olvidado. Luego las arropaba y le

daba un beso a cada una. En aquella época, ella era la preferida de su madre.

Aquel día Mamá se había puesto el vestido rojo y en ese momento se pintaba las uñas en el cuarto de baño. Tenía prisa. Pero esa ceremonia requería destreza y lentitud. El mismo color rojo de la tela bailaba sobre el pequeño pincel con la cantidad justa de esmalte. Dibujaba la cutícula con unas lunas iguales. Desde pequeña, el juego con Mamá se repetía. Ella se pintaba y Tere le soplaba las uñas para que se le secasen más rápido. A la niña le encantaba el olor del esmalte todavía fresco y jugar con su laca y sus perfumes. Ese día estaban solas en casa y sonó el timbre.

Cuando le abrió la puerta, tío Luis tenía el pelo húmedo, recién peinado. Le gustaba su tío, las mayores decían que era el hombre más elegante de Madrid. A ella le fascinaban sus manos largas y blancas porque le recordaban a Papá y el afeitado extremo. Ahora ya sabe lo que es un Patek Philippe, pero ya entonces le impresionaba el reloj antiguo que de vez en cuando sacaba del bolsillo envuelto en un pañuelo de seda cruda para jugar con ella, y esas camisas con una pequeña corona bordada sobre el pecho, planchadas con almidón. Ese día le extrañó que fuera directo al dormitorio. Le sorprendió que también él soplase sobre las uñas de Mamá y que le besara las manos como si fuese una princesa. Papá se había ido a Sudamérica, la estaba consolando, pensó, y se alegró de que por lo menos le tuviese a él. Por eso no dije nada y me quedé quieta observándoles, recuerda ahora.

Entonces Mamá la miró como si la viese por primera vez:

—¿Qué haces aquí? Vete a tu cuarto —le dijo sin vacilar.

—Pero ¿no tenías prisa? —contestó ella extrañada.

—Cierra la puerta y a estudiar.

El tío Luis debió ver su gesto desolado porque la cogió de la mano y la llevó a la habitación. Lo hizo muy despacio, como si hubiera empezado a sonar un vals y la sacara a bailar en una fiesta de Palacio. Al ver brillar en el dedo meñique de su tío el sello de oro con el escudo de la familia, por un momento sintió que también ella era una princesa.

—Anda, guapa, quédate aquí que tu madre y yo tenemos que hablar.

Luego el tío Luis volvió al dormitorio de Mamá. Recuerda que oyó el ruido metálico de la llave en su puerta, su giro como una sentencia y salió al pasillo para escuchar lo que decían.

—Qué le pasa a esa niña, se está poniendo como una foca. No parece hija tuya…

La voz de tío Luis era distante, indiferente, como si hablase de un animal del zoo. Volvió a su dormitorio y cuando se subió a la litera temió que se hundiera bajo su peso. Era una foca, un elefante, un orangután al que los niños tiraban cacahuetes, no volvería salir de su guarida.

A veces todavía se siente así. En la oficina nadie la mira, pasan junto a ella y sólo la ven cuando quieren pedirle un favor. Y con el jefe pasa lo mismo: siete, ocho horas juntos cada día y nunca la ha mirado a los ojos.

3

Fue a partir de entonces cuando Mamá dejó de quererla.

Y tampoco ahora le gusto, piensa Tere.

En esa misma época Mamá empezó a ponerse trajes que le ceñían las caderas y los pechos y a usar tacones muy altos. Tere sintió que esos zapatos la alejaban de ella. De repente dejó de ser la Mamá que las había criado.

La recuerda, pocos días después, frente al espejo de su armario. Primero irguió el pecho, donde se había puesto el broche que le regaló Papá, luego metió el estómago y se miró de perfil. Casi la puede ver ahora mismo volviendo la cabeza hacia ella con esa sonrisa orgullosa, aliñada de desprecio, que todavía a veces le asoma a la cara.

—Mira, niña, ni un gramo de grasa —dijo, y se levantó la camisa para mostrarle su vientre liso—, a ver si aprendes.

—Sí, Mamá —respondió Tere para que no siguiera por ahí.

—Tres hijas han pasado por esta carretera —insistió—. Aprende, niña. No es tan difícil.

—Tienes razón, Mamá —volvió a contestar ella.

Y otro día:

—No te atiborres de chuches —la riñó cuando llegó a casa del colegio.

Estaban en la cocina y sus hermanas tenían delante un Cola Cao y unas enormes rebanadas de pan tostado cubiertas con una capa de mantequilla y espolvoreadas de azúcar como nieve sobre la sierra de Guadarrama. En su sitio, sobre la mesa de formica, había una galleta seca sin sal y sin azúcar y un vaso de leche desnatada. Se preguntó por qué su madre le tenía manía, era la pequeña y no la mimaba. Y enseguida se contestó: soy una foca, nadie quiere tener una foca en casa.

Tocó en su bolsillo las gominolas, el regaliz rojo, los chicles y los Sugus que se había comprado esa misma tarde. Los dedos se le pusieron pringosos y notó que el azúcar se estaba pegando a la tela de su falda. Si no se daba prisa, el calor acabaría por deshacerlos. Al llegar a su habitación pensó que cuando pudiera se vengaría de ellas. Ese regusto amargo de sentirse víctima todavía la acompaña.

Pero fue después de su primera menstruación cuando más sufrió. A partir de los trece años Mamá la hacía pesarse todos los días y, si había engordado, no la dejaba tomar postre ni pan. Itziar y Laura, nada, tan tranquilas, no tenían ese problema.

Esa Navidad Mamá le regaló unos vaqueros de la talla 38. Intentó ponérselos; ni siquiera se los pudo meter por las piernas.

—Para que te haga más ilusión ponerte a régimen —dijo Mamá.

Y ella supo que los había comprado pensando en Laura y que acabarían siendo para ella... Y también lo fue la blusa malva del año siguiente, que no consiguió abrocharse, y el vestido rojo del diciembre de sus quince años. Laura compartía el gusto de Mamá por los colores rojo y malva y por los trajes muy ajustados. Y siguen siendo cómplices. Cuando hablan de ropa, todavía la dejan fuera de la conversación.

Si no tuviera hermanas, nadie, puede que ni siquiera Mamá, se daría cuenta de que es gorda. Trata de que no le haga daño. Piensa muchas veces en su jefe, que es gordo y ha triunfado en la vida. Y le atrae ese hombre bajito y corpulento que tiene tanto poder. También ella tendría que aprender a vivir con unos kilos de más, pensar que la grasa la protege, que en el brillo de los escaparates no está tan mal.

Pero Mamá sigue igual, desde esa época la controla.

Comenzó cuando las niñas empezaron a comer en la cocina. Hubo un viaje de Papá que precedió al viaje de irás y no volverás. A la vuelta, tío Luis dejó de ir a comer todos los lunes y ellas abandonaron el comedor de los mayores. Pero Mamá siempre la observaba.

Han pasado los años y todavía la mira cuando come. Y sus ojos le abren el apetito. Devora hasta que no puede más. Sabe que luego se sentirá mal, que no podrá abrocharse la falda ni ponerse los vaqueros. Es como si esos ojos quisieran quitarle la comida para siempre. Y Tere no se deja. Ahora ya no se atreve a reñirla, pero su mirada aún le pone el freno cuando ve que se sirve salsa o que añade queso rallado a los espaguetis. Siempre ha sido así.

Tocan a la puerta. Tere sabe que es Itziar.

4

Audrey Hepburn se parece a Laura. Tiene las mismas piernas finas que tenía Laura adolescente, piensa Tere. Sus hermanas vinieron a comer, pero ya se han ido y ella está en su cuarto tumbada en la cama frente al televisor. En la pantalla, la actriz se pasea por una enorme habitación vacía.

El tío Luis adoraba a Laura. Tere lo recuerda bien: siempre se ponía a su lado, era su preferida. A menudo la subía en sus rodillas, tiraba de sus trenzas y le hacía cosquillas. Un día, a la vuelta de un viaje, trajo un perfume francés y se lo dio. Laura tenía trece años, por eso Mamá creyó que el regalo era para ella y se puso a desenvolverlo.

—No —dijo tío Luis, quitándoselo y dándoselo a Laura—, ya es una mujer y tiene que aprender a ser sofisticada, apunta maneras.

Y siempre repetía:

—Laura es la única que se parece a nosotros. Delgada como una actriz, igual que nuestra familia.

Tere cree que parecerse a los Méndez era el mejor piropo que podía ocurrírsele. Para su tío, ese apellido era la esencia de lo chic, de eso que sólo tenían las familias de siempre, un algo indefinible que, según él, todos deseaban y sólo unos pocos alcanzaban por herencia o por tradición.

A su hermana le han dicho tantas veces que parece una actriz que, sin darse cuenta, todavía ahora, Laura se viste igual que la Hepburn. Los trajes sastre, las blusas de seda, los *twinset*, los pantalones muy ajustados en el tobillo.

Qué elegante estaba hoy, recuerda Tere. Un pantalón negro de Prada, una camisa de algodón blanco, los pendientes de perlas. Nada más. Parecía una princesa.

Tumbada sobre la colcha de algodón, con un camisón de viyela de florecitas que le abriga demasiado y con la televisión encendida, Tere mira sus piernas demasiado rellenas y se acuerda de las de su hermana aquel verano: palillos sobre los pedales que, al moverse, hacían una carrera con los radios de las ruedas inmensas. Tenía doce años y subía al faro de Jaizkibel en su bicicleta negra. En aquel tiempo, las tres llevaban calcetines cortos de color blanco y se vestían con ropa idéntica, pero ya entonces Laura llevaba los vaqueros con más desenvoltura.

Itziar le ha contado que, ya en aquella época, había un niño de Irún que seguía a Laura dondequiera que fuese. Si me pareciera un poco a ella me sobrarían los hombres, piensa Tere. Pero Laura nunca ha tenido novio; tampoco yo, en eso nos parecemos.

Aunque no tanto. Yo jamás me quejo de los tíos. Si en algo se parecen las mayores es en cómo hablan de ellos. Laura porque no los traga, Itziar porque es una coqueta y siempre juega con algún moscón. Y eso que tiene a Tomás. Qué suerte. Siempre están poniendo verdes a los tíos.

Y Laura los imita. Cuando están juntas le gusta poner la voz gruesa de un marido que llega a casa y casi sin abrir la puerta dice:

—¿Qué hay de cena?

Y como conclusión siempre lo mismo:

—A mí no me pescarán. Que contraten una muchacha. Los hombres sólo sirven para una cosa.

De qué se quejarán, se pregunta Tere.

Otra vez Mamá, qué pesada. Ya está enredando, sus toses la delatan. Ahora oye sus pasos rápidos en el pasillo, de repente corre sobre la tarima como si hubiese cogido impulso y no pudiera evitarlo. Un muñeco al que está a punto de acabársele la cuerda.

—Mañana sopa. Sopa, nada de gazpacho —ha dicho asomando la cabeza un segundo en el cuarto de Tere, y luego ha dado un portazo.

También hace eso. Irrumpe y le da igual que ella esté viendo una película. Como Tere no le ha contestado, irá a la cocina y le dará la misma orden a Gloria, la colombiana, y desbaratará todo lo que Tere había previsto para la comida de mañana. Sabe que está nerviosa porque vinieron a comer, eso siempre la altera.

De qué se quejan sus hermanas, vuelve a pensar mientras la puerta de espejo del armario le muestra su figura redonda embutida en ese camisón de solterona, Mamá es mucho peor que un marido plasta.

Hizo el pollo, la receta de Mamá. Itziar llegó antes, le gusta mirar cómo cocina.

—Me hace gracia lo que disfrutas, cómo te concentras.

—Pero si tú cocinas mejor que yo —le contestó Tere. Sabe que es mentira, pero quiso ser simpática. Se siente un poco culpable con Itziar.

—No consigo ese aroma suave. Es la misma receta, sólo que a mí me sale mucho más fuerte —dice ella.

Y no le extraña. Cocinar requiere tranquilidad y atención y su hermana Itziar siempre tiene demasiadas cosas que hacer para guisar con el alma. Hoy estaba como ida, a Tere le chocó.

Y le estuvo preguntando por ese tipo. Se cree que soy tonta, que no me di cuenta de que me interrogaba. Pero no se lo pienso contar. Tere lo notó hace unos días, está distinta. No sabe si es su maquillaje o si se ha dado alguna crema milagrosa. Y, a la vez, esa expresión ausente. Como si hubiera tomado algo.

Luego apareció Laura con sus prisas y haciéndole la pelota a Mamá. Qué querrá de ella. Nada más llegar, se han sentado las dos en el sofá del salón a esperar que Mamá saliese del baño. Siempre dicen que vienen a verla, que estaban deseando verla. ¿Y yo qué?, se pregunta Tere.

Había poca luz. Como a un grabado antiguo, a Mamá el exceso de iluminación le sienta mal. No quiere cambiar esas cortinas pesadas de damasco color burdeos porque dice que, si entra el sol, le salen arrugas. Y Tere está harta de vivir entre tinieblas. En la mesa baja de cristal languidecía el *ABC*, sus gafas de plástico transparente y un pañuelo de batista con su inicial. Odia ese salón ordenado, los sofás de cretona, la lámpara de pergamino, los candelabros de latón. El museo de una sacristía. Y ella atrapada debajo de esa casulla.

Cuando terminó de poner la mesa, Mamá ya estaba con ellas. Había salido del baño y bebía su zumo de tomate y de vez en cuando mordisqueaba una patata frita. Se la veía encantada de tenerlas ahí. A mí ya no me ve, soy como un mueble más, piensa ahora Tere mientras recuerda las risas del mediodía, tan raras en Mamá. Cuando vienen visitas se transforma, cualquiera que venga del exterior la excita.

Mamá no perdona el aperitivo. Ni un día se le pasa la hora y, aunque el mundo se derrumbe, a solas o acompañada, a las dos de la tarde se sienta en el salón y se deja servir. Le gusta el jerez seco y a veces un Bloody Mary, como hoy. Durante ese rato es la que iba a los cócteles con Papá. La reina de las embajadas. Le gusta con un buen chorro de vodka, dice que le sube la tensión.

Hoy el zumo se mezclaba con sus labios rojos, recuerda Tere.

Lo que más admira de Mamá es que cuando hay visitas deja de ser vieja. Se viste, se pinta y desaparece la anciana del camisón de felpa. Entonces se convierte en una señora esnob, sofisticada en cuya cara aparecen las huellas de aquella mirada orgullosa, de aquellos ojos verdes y afilados, de la piel fina que ahora se rompe en mil arrugas y que se esconde detrás del maquillaje. Esos días, desde primera hora hace sus llamadas, sale al pasillo, entra en la cocina, se pasea por el salón recolocando los marcos de las fotos, los almohadones. Y, si Laura viene de Bruselas, como hoy, es capaz de hablarle de las calles de París, del Bois de Boulogne y de las fotografías del *Vogue* para que su hermana sepa que sigue al día, que no se pierde una.

—Monsieur Galiano se está pasando —afirmaba hoy con voz de experta mientras un LM con una boquilla larga de marfil se movía entre sus uñas rojas.

Ahora baja a la peluquería a hacerse las manos. Con la pensión de Papá se da masajes una vez a la semana y se hace una limpieza de cara cada quince días. Tere insiste en que tienen que ahorrar, en cambio ella no deja de cuidarse.

—Buenas ideas, pero, para el día a día, prefiero un *tailleur* de Armani —contestó Laura cómplice.

Mientras hablaban en ese idioma en el que tan bien se entienden, Mamá carraspeó suavemente, y Tere, desde la cocina, escuchó de nuevo su tos nocturna. Hay un mecanismo dentro de ella que siempre está alerta para acudir en cualquier momento por si se ahoga. Quizá por eso, cuando la ve empapada de Chanel Nº 5 hablando con Laura de la Place des Vosges, le golpea otra vez su olor a vieja.

Cuando volvió a acercarse al salón, Mamá contaba lo de la asistenta.

—Esta gente no le coge cariño a nadie.

El marido de la colombiana no encuentra trabajo y se va a ir. Les han ofrecido a los dos trabajar en una finca. Mamá se va a enterar de lo que pierde.

—Los niños están encantados con Suni —decía Itziar sin esperar una respuesta.

—Yo me apaño bien sola —dijo Laura—. En Bruselas nadie tiene interna, es mucho más cómodo encargárselo a una empresa. Si no estuviese tan agobiada lo haría yo misma.

Mientras volvía a la cocina, Tere se preguntó por qué Laura siempre presume de lo bien que se organiza y del trabajo que tiene. Apagó el horno, sacó el pollo y, antes de darle el último toque, mientras las oía hablar en monólogos, le puso un poco más de pimienta. Recordó que Itziar le había dicho que estaba soso. Qué sabrá ella.

Cuando por fin se asomó al salón, Mamá preguntó a sus hermanas, como si fueran una visita:

—¿Queréis tomar algo más? —y miró a Tere igual que mira a la colombiana. O al menos eso creyó ella. Era Tere la que tenía que traer otra coca light a Itziar, rellenar la copa del jerez seco de Laura. Unas aceitunas, más panchitos.

Las costumbres de la casa.

—¿No hay nada más? —se permitió decir Mamá cuando Tere trajo las bebidas.

Y las otras dos quietas, como si no fuera con ellas. En ese momento los ceniceros de plata, los almohadones, las alfombras antiguas, también estaban inmóviles como si hubiesen sido sorprendidos por la cámara de un fotógrafo. Con lo pesada que es Mamá con el orden del salón ahora parecía que, estando de visita sus dos hijas mayores, esos objetos hubieran perdido su utilidad y de pronto ella los despreciase. Algún día llegará el hada madrina y le traerá un marido, se acuerda Tere que pensó. Entonces se vengará de esta madrastrona, de estas hermanastras. Dejarán de reírse. Y si no, me quedaré este piso, piensa a menudo. Si a Mamá le pasa algo... soy la única que me lo merezco.

—Este número no se lo voy a dar a nadie —decía Itziar cuando ella volvió de la cocina—. Ni siquiera a vosotras. Ni siquiera a Tomás.

Les enseñaba un móvil nuevo. Es negro y plano, con teclado y recepción de mensajes. Dice que necesita paz para pensar, que está agotada.

No nos lo va a dar, piensa Tere. Y si Mamá se pone mala, ¿qué? Siempre tienen una excusa. ¿Y quién la llevará al médico? La pobre Tere. Y la pobre Tere, que parece que no tiene que ir a trabajar, que no necesita divertirse, ya está hasta los mismísimos cojones de ser tan gilipollas. Para qué le sirve ser tan buena.

Lo que más le molesta es que se creen que a ella Mamá la acompaña, que hacer sus recados le llena la vida. Como si por ser soltera no oyera sus toses a través del pasillo. Como si con eso consiguiera volver a coger el sueño cada vez que la llama. ¿Qué se habrán creído?

Por eso, cuando ya se han ido y ha vuelto a llamar ese hombre que pregunta tanto por Itziar ha decidido no contárselo. No le apetece llamarla a casa. Y sabe que no cogerá el móvil antiguo. Tampoco soy la telefonista, se dice. ¿Por qué sigue dando ese teléfono? Y ese hombre, quién sabe… si no estuviera el jefe. Itziar ya tiene a Tomás.

Cuando se fueron, se quitó enseguida el vaquero que le apretaba en la cintura y se puso el camisón como quien se calza un hábito, luego se encerró en su habitación. Y subió el volumen del televisor para no oírla toser.

Ahora es de noche y Cary Grant abraza a Audrey Hepburn en un puente sobre el Sena. *Paris je t'aime*. Está agotada y se pregunta para qué aprendió francés si nunca va a tener quien la bese al anochecer en un puente sobre el Sena.

Se pone a llorar y es por el puto París y el puto puente y sus putas hormonas y sus putas hermanas que están delgadas. Por Itziar que folla, por Laura que viaja. Y ella ahí metida muerta de calor. Atrapada por una red de toses que no puede romper. Nadie aparecerá a probarle un zapatito de cristal. Y si alguien lo hiciera, el zapato le quedaría pequeño.

No es más que eso. Una cara amable que cocina bien y que siempre está ahí pendiente de Mamá, de que la casa esté limpia y la comida caliente. Y no se parece nada a Audrey Hepburn. Puta Audrey Hepburn.

5

La ha visto de reojo al entrar en la ducha. Hoy hacía frío en la calle y por eso, antes de desnudarse, dejó que el agua caliente corriese un rato. Cuando por fin abrió la puerta, el interior del cuarto de baño ya era la maqueta de una nube. Mientras se quitaba el sostén y lo tiraba en el suelo, le pareció que en el espejo había una rubia de Tiziano.

Y dentro no se oye toser a Mamá. Por eso se demora en esa lluvia caliente y aromática, ese útero en el que se siente tan segura.

Desnuda se gusta. Es la ropa lo que me queda mal, piensa cada mañana antes de vestirse. No acierto con la ropa. En su armario aterrizan blusas con encajes, faldas cortas de volantes, camisetas apretadas que dejan su carne blanda y movediza a la intemperie.

Ayer, cuando Mamá se fue a echar la siesta, Itziar le preguntó:

—¿Por qué vas vestida de adolescente?

«Porque soy más joven que tú, no te jode», estuvo a punto de contestarle.

—Vístete de mujer —dijo Itziar—. Si no, Mamá siempre te tratará como a una niña.

131

Pero a ella le van las flores, los colores vivos y no se ve vestida de señora gorda. Vivir con su madre tiene eso. Aquí, en Altamirano, la señora sigue siendo ella. Alguna ventaja tenía que tener ser la pequeña, se dice.

En cambio, cuando está depre va a las tiendas desesperada sólo para encontrar ropa que disimule sus curvas. Entonces es peor. Acaba comprándose camisetas negras o grises, blusas pardas y sueltas, ropa de embarazada que se pone sólo una vez y que luego mete en el armario del *office* con un billete exprés camino de la parroquia.

Laura también insistió, era imposible que no interviniera, ella es la experta en alta costura y además le encanta dar lecciones:

—La ropa suelta te hace más gorda, no te disfraces de gorda. Marca tus formas, refuerza su valor. A los tíos les gusta la carne mullida. Ya quisiera yo tener tus tetas.

Ahora, de pie y desnuda, envuelta por el agua y la espuma, su cuerpo no le molesta y la silueta rosada en el espejo le vuelve a recordar su última visita al Prado. Tiene las caderas muy marcadas, pero a través del agua los volúmenes excesivos apenas se notan en el espejo grande. El vapor ha absorbido las sombras más duras, y las curvas de sus pechos en este momento se insinúan columpiándose con suavidad mientras se pasa el gel de melocotón por las axilas. Se mira y se gusta como nunca se gustaría cubierta y al aire libre.

Hoy el jefe le ha pedido que le cosa un botón. Tenía un acto con el concejal de urbanismo y se le había caído el botón de la camisa, justo debajo de la corbata. Le intimidó sentir su aliento, tocarle el pecho, meter la aguja en la tela tan cerca de su cara. El señor Sánchez huele a

colonia francesa, *eau de toilette*, diría Mamá, eso ya lo sabía. Y también sabe que por la tarde ese olor internacio-
nal se mezcla con el del tabaco y el sudor hispano. Pero
nunca antes sus cabezas habían estado rozándose, sus
alientos mezclándose, casi pudo oír el latido de su corazón. Y cuando imaginó el sabor de su saliva, el suyo se
desbocó.

Tere trabaja en una empresa de inversiones inmobi-
liarias, es la secretaria del consejero delegado. Y está
siempre pendiente de él. En los grandes terremotos,
cuando el señor Sánchez se acelera y acaba enfadándose,
todos acuden a ella. Menos mal que estás tú, dicen; a ver
si a ti te firma esto, es urgente, dicen; salgo a un recado,
será un momento, me voy de puente, cúbreme las espaldas, dicen.

Hace dos meses, por un gesto involuntario que hizo
con las cejas, se dio cuenta de que al señor Sánchez, la
señora Sánchez le resulta una pesada, que sus llamadas
le aburren. A partir de ese momento mantiene la esperanza de que un día se fije en la otra mujer que tiene al
lado. Es ella y nada más que ella la que es imprescindible en su vida.

Y él cuenta con eso, lo da por supuesto. Así que además de organizar la secretaría, actualizar su agenda,
escribir sus cartas, atender a sus visitas y estar todo el
día frente a la pantalla del ordenador, Tere tiene la obli-
gación de saber enhebrar la aguja y coser sus dobladillos, llevar sus zapatos a cambiar las suelas y reservar
hora para que le corten el pelo. A ella no le importa
hacerlo, es su carácter. Pero que no lo dé por supuesto.
Mientras lo piensa, vuelve a extenderse el gel sobre los
pechos.

Hoy le emocionó sentir su respiración. Era cálida y con un olor amargo tan fuerte que le hizo pensar que así deben de oler todos los hombres en la cama. Ahora, aislada en la ducha de las toses de Mamá, puede recordarlo. Y las manos se le van a los muslos y luego al sexo.

Si algún día me viera así…, piensa mientras se acaricia la piel lisa de las tetas, la rugosidad oscura de los pezones, se daría cuenta de lo que se está perdiendo. Una fiera en la cama. Una gran cocinera, una mujer dulce que sería capaz de esperar, de ser paciente con sus defectos. Lo que haría si la mirara de otra manera. Si se detuviese un momento a escudriñar sus gestos o fuera capaz de darse cuenta de que a veces se pone una blusa negra transparente sólo para que él la mire.

Esa mirada del jefe que la recorre entera, ahora la excita. Si conociera esto, se dice mirándose los pechos, dejaría de invitar a almorzar a otras mujeres y se centraría más en el trabajo. Acabaría divorciándose y se casaría con ella.

En el espejo ahora puede ver mejor a la mujer de piel blanca y pelo rubio que hace un rato entró en la ducha apresurada, pero mórbida y blanca como un Tiziano, quitándose la ropa. Toda su piel está cubierta de espuma.

Y la cosa es que hoy, cuando le mostró el botón, se había quitado la chaqueta y se acercó tanto que por un momento le pareció que la iba a abrazar. También olía a desodorante. Y reconoció esa colonia cara que siempre usa. Sus labios húmedos, sus ojos más cerca de lo conveniente, más cerca de lo convenido. Eau Sauvage, se acuerda Teresa. Tengo que comprar un frasco para su lavabo. Ya se le está terminando.

La mujer de porcelana blanda se masajea las nalgas como si quisiera hacerlas más pequeñas mientras el agua caliente le enrojece la espalda. Luego se toca el vientre. Le daría hijos, le gustan los niños, pero ya está en el límite. Si no se da prisa, se le pasará el arroz.

Recordar esa escena la calienta. Y de repente, en la ducha se introduce el cuerpo bajo, oscuro y macizo del señor Sánchez. Es él el que ahora toca las tetas blancas de la mujer del espejo. Y las manos del hombre se multiplican sobre los labios, en la nuca húmeda, en los pezones duros, empapados, en el interior de los brazos y en las ingles por donde el agua traza sus caminos. Teresa ve que unos dedos desenredan la espuma que corona los pelos de su sexo y se introducen en él. Una sombra lame el cuello blanco de la rubia y es como si quisiera sorberle la sangre.

¿Cómo la tendrá?, se pregunta Teresa mientras les ve acariciándose. ¿Sabrá tocarme como yo me toco? Gradúa la temperatura del agua para no quedarse fría. Ahora ve a la mujer balanceándose mientras se acopla a esas manos ansiosas, trabajadoras, que el espejo muestra y oculta al ritmo de la electricidad de su latido. Cierra los ojos. De nuevo siente la presencia del cuerpo robusto y lleno de pelos del señor Sánchez, vuelve su olor amargo mezclado con el aroma a gel de melocotón que ha invadido el cubículo donde se encuentra. Entonces ve que la mujer se enciende y vibra a la vez que ella, empieza a sentir esa tensión, ese ritmo de sus pieles mojadas que llaman al placer y que lo atrapan hasta que, mientras se relaja, el señor Sánchez acaba escapándose entre la niebla del cuarto de baño.

Al salir de la ducha se seca muy despacio. Se frota haciendo círculos con las yemas de los dedos para que la crema hidratante perfumada con esencia de aguacate la penetre. Ya no se siente sola. Sabe que tiene un cuerpo hermoso aunque nunca la acaricie un hombre. Dejará pasar unos minutos para que su piel absorba esa suavidad. Incluso se tumbará un rato más en la cama antes de vestirse. Hoy tiene tiempo de sobra. Quizá esa languidez que siente todavía haga volver al señor Sánchez.

Qué raro que desde la cama tampoco ahora se oigan las toses. Mamá debe de estar tranquila y distraída, porque en esa casa el silencio es raro. Tan raro que se pone el albornoz y, a medio secar, abre la puerta y llama a su madre.

Pero no hay respuesta. Ahora, más preocupada, se acerca a su cuarto y la ve de espaldas, dormida y tranquila.

—¿Estás bien, Mamá, estás bien? —le dice primero, luego le grita. Pero Mamá no se despierta y ve que tiene la cara oscura, escarlata.

6

—M e tomé toda la mayonesa.
 Su confesión fue como la de una niña. Antes
había sido el susto, la llegada del Samur, la sirena de la
ambulancia rompiendo la noche de Madrid, el ingreso
en urgencias.

Fue culpa mía, se repite Tere. Había pensado en tirar
ese bote, pero estaba en el fondo de la nevera y siempre
lo dejaba para más tarde.

Hoy, cuando salió de la oficina, decidió pasear hasta
su casa. Mientras caminaba, sus pupilas, acostumbradas
a la oscuridad del despacho, cambiaron de tamaño y los
ojos se le fueron hacia arriba. El sol, como un foco ra-
sante, iluminaba las cúpulas de la plaza de España y algunas estatuas de la plaza de Oriente. Era la hora en que
las azoteas y los áticos, recortados por ese último rayo,
vivían separados del cuerpo de los edificios envueltos
ya en las sombras de la tarde. Tenía que ir con cuidado
para no resbalarse. Estrenaba mocasines negros y la
suela todavía estaba lisa. Por la mañana tenía el pelo en
el límite, pero como no estaba Mamá pensó que nadie la
criticaría antes de salir. Le daba mucha pereza arreglarse, así que aprovechó ese resquicio de libertad y no
se lo lavó. Además, el señor Sánchez estaba de viaje,

quién se iba a fijar. A esta hora de la tarde ya estaba sucio. Daba igual, no pensaba salir esa noche y el pelo un poco grasiento era una manera de asegurarse. Lo que esta mañana le había hecho sentirse libre, ahora la deprimió.

Hubiera preferido quedarse en la oficina hasta que llegase el lunes. Temía pasar otro fin de semana sola. Cuando las limpiadoras irrumpieron con sus carritos y sus fregonas, su conversación en voz muy alta, se convenció de que tampoco allí era bienvenida. A esa hora los despachos estaban desiertos, también a ellas les molestaba Tere. De hecho, al verla la miraron mal:

—Señorita, ¿qué hace aquí todavía? Usted que puede, vaya a divertirse —le dijeron.

No tenía ganas de irse.

Llegó a casa enseguida. Eran casi las ocho. Su barrio estaba lleno de gente que acababa de salir a la calle como si quisieran conquistarla palmo a palmo. Todos iban en grupo. Mujeres con el rímel aún fresco, hombres recién afeitados, la ropa todavía planchada. Ella estaba sola, tenía el pelo sucio, daba igual, nadie la miraba.

Era viernes.

—Me tomé toda la mayonesa.

Mientras se acercó al portal, Tere volvió a recordarlo. La aguja del suero clavada en los brazos delgados de Mamá mientras yacía sin sentido. Su cara escarlata oscuro contra la sábana blanca de la camilla. Arrugada.

Había pasado toda la semana frente al ordenador, pero el fin de semana estaba ahí, implacable, reclamando su tributo de soledad, de miedo. Un vacío que no se llenaba con cine, con música, con libros. Llamar a los amigos le daba vergüenza, temía molestarles. A estas alturas, todos sus compañeros de facultad tenían pareja. Y a las parejas sólo les gustan las parejas, pensó otra vez, como si se hubiera quedado viuda de su madre.

Al entrar en casa, abrió el armario del hall y ahí seguían la gabardina y el paraguas de Mamá. Los sacó de la oscuridad pero no supo qué hacer con ellos y los volvió a guardar. Encendió todas las luces y puso el televisor. Necesitaba ese ruido, las voces daban a la casa una vida que ahora le faltaba. La nevera seguía vacía; desde que su madre se fue al hospital apenas se atrevía a abrirla. Pero estaba hambrienta. Sólo encontró mostaza y unas lonchas de pan de molde asfixiadas en su bolsa. Se hizo un sándwich con eso y un poco de mantequilla que quedaba en el congelador. No quería volver a bajar a la calle. Hacía un rato le había dado la impresión de que todo el mundo notaba su desamparo.

Se sentía culpable de estar sola.

Ahora soy huérfana, pensó por primera vez desde que ingresaron a su madre.

—Me tomé toda la mayonesa.

Pensar que se podía haber muerto. En ese caso, la casa sería para mí. Y la cambiaría entera. Pondría muebles claros, cortinas transparentes. Quizá podría aprovechar estos días del hospital para... En el trabajo me han dicho que desde que ella se intoxicó también yo he adelgazado. Tenía la cara morada cuando la encontré, las manos frías y la boca abierta con la lengua fuera. Pero tengo que distraerme, pensó.

Todavía tenía hambre. Era incapaz de hacer la compra para ella sola. Como si no se lo mereciese. La nevera vacía, el lugar del crimen, le devolvía su falta de gusto por la vida. Itziar había dicho que esa tarde iría a la clínica y que se quedaría con Mamá hasta que le dieran la cena. Tenía que haber ido ella, ahora se arrepiente.

Hambrienta, bajó a dar otro paseo. Era casi de noche. Se acercó a la glorieta de Bilbao y vio una mesa libre en el Café Comercial. En ese bullicio no se notaría que estaba sola. Pidió un caldo, otro sándwich y una cerveza. Igual que la muchedumbre en la calle le había producido tristeza, el ruido del café le dio la calidez que había buscado durante todo el día. El calor del caldo, el estómago lleno, le transmitieron bienestar.

Primero vio sus manos. Miraba hacia la puerta como si esperase a alguien. Ella le veía en el espejo que los dos tenían enfrente. Estaba leyendo. ¿Qué leía? Desde donde estaba se dio cuenta de que era una novela, apenas conseguía ver el título. *Historia del llanto,* qué casualidad, pensó, qué título para esta tarde aciaga. Mientras dudaba si pedir un segundo sándwich —seguía teniendo hambre, siempre se quedaba con hambre—, el tipo se levantó para ir al baño y la miró como si adivinara.

Cuando volvió a tenerle al lado se fijó de nuevo en sus manos y empezó a fantasear. Sus uñas están mal cortadas. Pero lee con tanto entusiasmo. Cómo me gustan los tíos con barba. Está nervioso. Por qué mira alrededor como si le buscaran. Y a la puerta. Espera a alguien. Es distinto de los otros. Esos que con solo verlos se nota lo bien que huelen. Éste debe de oler a hombre. Odio a los tíos perfumados. No me gustan los gestos suaves, correctos. Éste debe de oler a polla. Parece que me mira. Por qué no me habré lavado el pelo. Justo hoy que he bajado de casa casi sin arreglarme. Se mira el jersey viejo y el pantalón gris del chándal que se puso al llegar y que es como un pijama. Y si se acercara. Me haría olvidar al jefe. Si a Mamá le pasa algo yo me quedaré en la casa y podré tener un hombre al lado. Qué le gustará comer. Le haría cada día un plato distinto. Comentaríamos la película de la tele. Le cosería con gusto los botones. O no, no haría falta eso para tenerle cerca.

No es la primera vez que le pasa. Una vez fue por una palabra oída al azar; otra, por una mirada en el autobús que la llevaba al cole. Lo siente de un modo muy intenso. Empieza a imaginar lo que sería vivir con un hombre al que apenas ha visto. Pero esos amores repentinos no tienen consecuencias más que para ella. Durante días sueña con volver a encontrarlos.

Esta vez es por las manos. No sé qué tienen que me hacen pensar estos disparates, ¿qué me recuerdan?, se pregunta. Mi padre, sí. Papá tiene unas manos parecidas. Rudas. Le parece verlas en el volante. Y fumaba en casa con ese mismo gesto mientras leía el periódico, o si se sentaba en el sofá a leer al caer la noche. Sí, por eso me gusta sin haberle apenas visto. Menos mal que tengo los zapatos nuevos. Puede que...

El desconocido tiene ahora una foto en la mano que se ha caído del libro y que no deja de mirar. Tere se mueve con curiosidad para verla. Pero si parece Itziar. Y en la foto están abrazados. Qué hace aquí, de qué le conoce, ¿será éste el tipo que llama y pide su teléfono?

De nuevo sus hermanas, piensa, mientras camina de vuelta a casa.

Cuando se fueron sus hermanas, la dejaron en el mismo cuarto cerca de su madre y allí se quedó como un trozo de pared, incapaz de moverse o de irse. Nunca nadie se planteó que Tere quisiera salir de Altamirano.

Itziar se casó con Tomás; no sabe si es feliz, pero sería imposible no serlo con un marido tan guapo. Los dos trabajos, los dos niños, el coche grande, el coche pequeño, la izquierda descafeinada de Itziar, la derecha liberal de Tomás. Todo encaja con esa cara de niña radiante que se le ha puesto a Itziar en los últimos meses.

Laura se fue a Bruselas. Seguro que tiene un amante que no quiere presentarles porque le da vergüenza traerle a casa. Y si no lo tiene, podría tenerlo. Por lo menos cambió de vida, abrió una cortina al más allá. Nunca se ha atrevido a preguntárselo.

Itziar tuvo hijos y Laura se empezó a comprar esos trajes de chaqueta franceses entallados que en Madrid no se ven y a usar ese perfume que llena la cocina cuando llega y ella está preparando la comida.

Las dos tienen una vida. Pero Tere sabe que seguirá en Altamirano, peleando con la sombra de su madre, lavándose los dientes en el mismo lavabo que usaba de pequeña, yendo al mismo carnicero del mercado de Argüelles, al mismo tinte a llevar los abrigos cuando llegue el verano, a la misma peluquería a cortarse el pelo porque no está mal de precio y la llaman por su nombre aunque sigan tratándola como cuando iba cada quince días a cortarse el flequillo. Y le dirán el funeral en la misma parroquia donde acompaña cada domingo a Mamá.

Su existencia será escucharlas desde la distancia, mirar cómo viven sus vidas verdaderas mientras ella se inventa una historia de ficción alrededor de ese jefe que le da órdenes y que de vez en cuando pide coqueto que le cosa los botones que se saltan de sus camisas. Idolatra a ese fantasma al que ve todos los días, y sus hermanas tienen hombres de carne y semen con los que se acuestan y de los que se quejan. Todavía no se ha bajado de la litera.

—Me tomé toda la mayonesa.

Al llegar a casa todo está oscuro y huele a cerrado. Y no le apetece encender la luz. Junto al paraguas de su madre ahora ve, en un segundo plano, el que dejó su padre, que sigue al fondo del armario detrás de los abrigos, oculto, lleno de polvo y oscuro como un buitre disecado.

Sus zapatos negros, nuevos y negros, ahora le hacen daño.

Mira el reloj de la cocina con una esfera blanca y los números negros.

El teléfono, el televisor, la sombra de las cortinas y el fondo del pasillo. Son sombras negras en una casa muerta. Los trajes negros de Mamá, su abrigo de astracán, todo metido en bolsas, ahogado por el plástico esperando que suban de la parroquia a recogerlo. Sabe que dentro de unos días el abrigo de Mamá lo llevará la mendiga de la puerta. Manchado ya por el polvo, por la comida de esa pobre mujer de pelo sucio. Como mi pelo sucio, piensa.

Mamá no se ha muerto, pero el hilo del luto recorre el piso y sale hasta la noche negra de la calle como un fundido cuando termina la película.

Entra en la habitación de su madre y enciende la luz. Se sienta delante del espejo que hay sobre su cómoda. Qué poco me parezco a ella, piensa. Y abre su cajón. Hay una bolsa negra y pequeña de terciopelo que contiene una pantera, el broche de rubíes y diamantes. Cuando Papá se fue a América, Mamá fue vendiendo todas las joyas que le había regalado.

—Están pasadas de moda, me hacen vieja. Prefiero la bisutería moderna. Y el resto para masajes, el dinero es para disfrutarlo —decía.

Con el broche de Cartier no se atrevió porque era el regalo de pedida. Una antigua joya familiar de los Méndez.

—Será para Itziar, para eso es la mayor —dijo Mamá hace unos meses.

Pero ¿por qué?, se pregunta, ¿no soy yo la que ha estado todos estos años al pie del cañón? ¿O es que también me echarán de esta casa? ¿También esto me lo van a quitar? Se lo pone sobre el jersey viejo y por fin algo brilla en la casa. Se tumba en la cama de Mamá y suena el teléfono.

Es otra vez ese hombre que pregunta por Itziar, al fondo se oye el ruido de platos y de vasos. Podría ser el ruido de un café. Siempre Itziar, todo lo tiene Itziar. Pero esta noche no lo va a coger.

7

—Qué haría yo sin ti.

Si falta algún rato de la oficina, el jefe se lo dice.

Qué haría él sin mí, piensa también Tere.

Y, aunque se lo ha oído mil veces y suele ser el prólogo para pedirle algún favor importante, le produce placer oírle cuando la mira a los ojos con esa jaculatoria.

Entre Tere y el señor Sánchez siempre está la mesa. Ese pequeño rectángulo de madera pulida marca el límite que les impide aproximarse. Siempre le ve de lejos, a media distancia. Y de lejos los hombres no son iguales que de cerca. El día que se le cayó el botón se dio cuenta de que sus dientes, tan blancos, quizá no eran suyos. También descubrió que su afeitado no era perfecto. Había una línea cerca de las orejas donde unos pelos se habían escapado de la máquina. Y tenía algún pelo que asomaba de la nariz.

Desde qué distancia se imaginará la mujer de su jefe a su marido, el señor Sánchez. Porque seguro que ella le ha visto muchas veces en ese primer plano en el que se notan los desperfectos del afeitado, las espinillas de la nariz, las cicatrices del acné que debió padecer hace más de veinte años.

Quizá es esa distancia, ese mueble, lo que a Tere le impide atravesar el foso de sus secretos. Es cierto que le suele pasar las llamadas, pero hay veces en que habla por el móvil o que él mismo se marca el teléfono. A pesar del tabique, ella, por su tono, sabe si está hablando con una mujer. ¿Será la suya? Cree que no, pocas veces le pide hablar con su señora.

«¿A qué hora… quedam…?». «¿Cómo te encuentras…, querida?, ¿Me has echado de…?». «Tengo muchas ganas de…». Escucha fragmentos, ecos que traspasan a trompicones el espesor del muro, y siempre le da la impresión de que se queda sin lo principal.

Porque, ¿con quién habla cuando se despide con un beso?

Y eso que todos creen que es la que mejor conoce al jefe. Ése es su orgullo. Cuando alguien quiere saber lo que está pasando en las alturas, se acercan para sonsacarle. Como si no se diese cuenta de sus maniobras. Sucedió con la salida a Bolsa. Sabía el precio de las acciones, la fecha exacta en que empezarían a cotizar, fue ella misma la que pasó a limpio el folleto informativo. Pero no soltó ni palabra. Sabe que si hablase no seguiría al lado de donde se toman las grandes decisiones. Hoy, por ejemplo, conoce como nadie el armario, la despensa de donde saldrán los ingredientes para decir sí o no a ese proyecto de inversiones que tienen en marcha en un terreno junto a la plaza de toros. Sabe también cuál es el estado de ánimo del jefe en cada momento y que cuando llega a convencerse de algo, nada le detiene. Pero de ahí no pasa.

Algunas noches, cuando todos han acabado su jornada y se quedan solos en las oficinas, el señor Sánchez le hace confidencias. Adora esos ratos en que el jefe es sólo para ella. Entonces le dice por teléfono:

—Pasa, Teresa.

Y ella, como sucedió la otra tarde, escuchó su voz querida en el teléfono y, al mismo tiempo, a través de la puerta de cristal.

Entró en su despacho y, estirándose mucho el jersey para que no se le marcasen los pliegues del estómago, se sentó frente a él con su cuaderno de notas y sin quitarse las gafas. Siempre intenta parecer lo más profesional posible, pero en cuanto él empieza a hablar se despoja de las gafas y entreabre un poco los labios para escucharle con emoción. Leyó en una revista que eso era muy sexy, un mensaje definitivo para conquistar a cualquier hombre. A la vez sostiene la libreta de notas abierta en las rodillas para mostrar que siempre está disponible para trabajar.

—Ay, Teresa, qué cansado estoy —dijo Sánchez abriendo los brazos como si se acabara de despertar.

Y ella pensó que eran únicos esos momentos en que el jefe se desahogaba y se ponía a su altura.

—¿Le traigo un café? —preguntó ella.

—Molina es un pelmazo —dijo el jefe como si no la hubiera oído.

—Muy listo, muy eficaz, no hay quien lo aguante. Con gusto me libraría de él.

—No es mal chico —se atrevió a decir ella muy bajito mientras se bajaba la falda, que le quedaba estrecha.

—Sí, pero cómo se alarga. Aquí, menos tú, que nunca das la lata, todos tienen propensión a enrollarse. Si algo se puede decir con dos palabras, ¿por qué usar cincuenta?

—Es que usted impresiona, señor Sánchez, se ponen nerviosos.

—Deja de defenderles, son unos plastas. Y ahora no sé qué hacer con lo de la plaza de toros. Parece que el Ayuntamiento está peleón.

—Pero usted nunca se ha detenido ante las dificultades —contestó convencida, y su jefe respiró satisfecho.

Cree a ciegas en él a pesar de que cuando vuelve a su mesa sabe que el jefe la excluirá en los últimos momentos de gloria. No estará a su lado cuando tome la decisión definitiva. Su vida profesional consiste en eso. Como asistir a los preparativos de un acto sexual pero ser apartada en el momento en que los amantes se meten en la cama.

Sánchez presume de tener las cosas claras. Si algo sale mal, él es el responsable ante los accionistas. Por eso decide solo. O eso es lo que creen los clientes y el resto de la empresa. Su capacidad de reflexión, su pulsión creativa, su mente alerta que siempre apuesta por nuevos proyectos, eso es lo que le ha hecho llegar tan alto, piensa también Tere.

—Si se empezara construyendo por la parte que no está pegada a la plaza, el ayuntamiento no podría oponerse —había sugerido ella esa tarde y días después supo, a través del arquitecto urbanista, que eso es lo que iban a hacer. El proyecto de urbanización que hasta ese momento rodeaba la plaza de toros ahora se extendería al sur, utilizando los terrenos que en el primer proyecto se destinaban a parque infantil.

Lo había dicho con el mismo sentido común que usaba al mezclar los ingredientes de un bizcocho para que la masa creciera sin quedarse cruda en el centro. Sin darse importancia. Y ahora era la idea estrella de su jefe. Todo sea a mayor gloria del señor Sánchez Bustos, pensó resignada.

A veces le dan ganas de traicionar esa obsesión, cambiar de trabajo. Si algún día se decide, a partir de esa fecha la empresa empezará a bajar en Bolsa y nadie sabrá por qué. Y también fantasea: nadie notará que el jefe está cada día más irritable, y será sólo porque yo me he ido.

Cada tarde sale de su oficina con esa sensación: es imprescindible pero nadie lo sabe.

8

Y en casa pasa lo mismo. Ponme bien el almohadón, llama a la iglesia, tráeme un poquito de ese caldo que te sale tan bueno. Ése es el diario cuando Mamá está en casa.

—Eres tan dócil, pareces hecha para servir —le dijo una vez Itziar, y aunque ha pasado mucho tiempo no ha olvidado sus palabras.

Su hermana siempre le dice que vive ahí porque quiere, porque le gusta seguir siendo la pequeña y cumplir al pie de la letra las órdenes de Mamá. Qué lista, así no se siente culpable, piensa Tere, y luego concluye: es verdad que me gusta sentirme útil. Por eso es la perfecta secretaria.

El día en que Mamá se envenenó, Itziar estaba ya en el hospital cuando llegaron con la ambulancia y Laura vino al día siguiente desde Bruselas.

—Independízate de Mamá —le dijo Itziar esa misma noche—. Si no, te aplastará. Si no puedes mudarte, haz como esos matrimonios que aunque viven juntos van cada uno a su bola.

A partir de ese momento la llaman a diario. Pero la que está pendiente y lleva el peso de ir al hospital es ella. Y no han vuelto a aparecer por Altamirano. Sus hermanas se aprovechan. Por eso, desde que Mamá ha enfermado, está todavía más enfadada con ellas. Me han timado, soy gilipollas, piensa, y llevo aguantando muchos años.

—Me habéis dejado con ella —les dice con cualquier excusa.

Y ellas:

—Cuando tengas un novio, cuando tu trabajo te obligue a viajar… ya verás. Y si no, vete, ya nos organizaremos.

Saben que no lo haré. Hipócritas, abusonas.

Cuando llega a casa se mete en su dormitorio, es la antigua habitación de las hermanas. Nunca ha dormido mucho tiempo en otro sitio, pero la habitación sí ha ido cambiando.

Con el primer sueldo quitó las flores azules de las paredes y las pintó de blanco. Con el segundo, se compró una cama grande y donó las literas y el sofá cama de Itziar a una ONG. Le costó más hacer la obra para quitar la bañera y poner una ducha de masaje, Laura la animó.

Ahora el cuarto de baño se comunica directamente con su dormitorio. Ése es su reino. Ahí tiene su equipo de música, el televisor, su mesa de trabajo y las estanterías abarrotadas de libros de cocina.

Hacer la obra la liberó. Por fin se sintió adulta y marcó su territorio. Su madre captó el mensaje y comprendió que esas reformas le garantizaban que Tere no se iría. La habitación nueva marcaba la separación, pero también la permanencia. Tere se quedaría allí.

Por eso, entrar en la habitación es traspasar un mundo.

Tiene un corcho donde pincha recortes y fotos. Hay una de James Dean. Otra con sus hermanas. Las tres tumbadas en la arena de la playa de Fuenterrabía. Itziar con trenzas, Laura con la nariz cubierta de pecas y los brazos cruzados delante del cuerpo. Ella riéndose sin dientes con la melena mojada y ese traje de baño de tela fruncida que le quedaba pequeño.

¿Por qué se cortaría el pelo? ¿Fue cuando empezó a engordar? También hay un recorte de periódico donde se ve a su jefe detrás de esa mesa que les separa. «Las inversiones de patrimonio inmobiliario son las más seguras», dice el titular. Muchas veces, mientras se duerme, repite esa frase, mira esa cara. Y sueña que el señor Sánchez viene a su casa y mira ese recorte, antes de desnudarla, como una prueba más de su amor.

En el cajón de la mesilla también tiene una foto de carné que le robó. Y una colilla cuyo filtro está un poco aplastado por su boca. Un botón, una hoja de su bloc donde en una reunión dibujó un caballo. Una rosa seca que le regaló a cada una de las mujeres de la empresa el día de Sant Jordi. Trozos de su jefe. Un altar que ha ido poniéndole.

Ahora que Mamá no está, puede ser el momento de dejarse el pelo largo y redecorar el resto de la casa. Entonces se acuerda de que es la única que tiene la combinación de la caja fuerte donde Mamá guarda sus ahorros.

Camina hacia el salón y observa que la luz del verano apenas puede atravesar las ventanas. Quiere tapizar de blanco los sofás de cretona estampada, quitar las cortinas de terciopelo y cambiarlas por estores casi transparentes, guardar los cuadros, los bibelots y los marcos de plata que Mamá acumula en las estanterías. Su cuarto lo respetaré, piensa dirigiéndose al dormitorio principal, pero algún día será el mío. Sin pensarlo, se tumba en la cama de su madre y empieza a jugar con el mando del televisor. Se siente bien en esa cama inmensa.

Cuando empieza a adormecerse suena el teléfono.

9

—¿Ya no reconoces mi voz?

—Pero ¿quién eres? —preguntó Tere.

Enseguida supo que era la voz del amigo de Itziar.

—Qué pronto me has olvidado.

—Por favor, ¿por quién pregunta?

—Itziar, no me hagas esto —la voz del hombre se oía clara, rotunda. Pero era como si llamase desde una cabina, se oían otras voces al fondo.

—No soy Itziar.

—¿Por qué no me llamas? Tu móvil no contesta.

A Tere le pareció oír en el fondo un ruido de tazas y de conversaciones mezcladas.

—No soy Itziar. ¿Usted quién es?

—Pero le has robado la voz a Itziar.

Decidió que era la voz del hombre del café, imposible olvidarle, y pudo imaginar una cara que correspondiese a esa voz. Intentó recordar a ese tipo alto y delgado con barba y espaldas anchas que había entrevisto unos días antes con una foto de Itziar en la mano. ¿O no era Itziar?

Le siguió la broma del robo y consiguió continuar hablando un rato más. No le dio el nuevo móvil de Itziar, le dijo que ella tampoco lo tenía, pero que le daría el recado.

—De todas maneras —aseguró—, Itziar está de viaje. Su trabajo la tiene muy agobiada, hace días que no viene por casa.

Mentía, Itziar iría a comer al día siguiente. Su hermana tenía a Tomás y a sus hijos. Ella estaba sola; si no espabilaba, seguiría estándolo. Vio el hueco y jugó sus cartas.

—Y tú, ¿te pareces a tu hermana?, ¿le has robado algo más que la voz? —preguntó él entonces.

—No, si me conocieras verías que somos muy distintas.

—¿También estás casada?

—Yo prefiero ser libre.

Y mientras lo dijo se sintió más ligera, más suelta, menos gorda. Con esa frase empezó a dibujar un nuevo personaje. Ya no iba a ser la hermana solterona, sino la pequeña independiente y segura a la que los hombres le sobran pero con los que prefiere guardar distancia.

Sabía que él necesitaba saber algo más de Itziar y que quizá por eso alargaba la conversación.

—¿Qué ha pasado para que haya desaparecido de esa manera? —le preguntó él después de un rato. Ella notó el anzuelo.

Pero no perdió el tiempo y siguió hablando con él sin transmitirle ningún dato. Igual que hizo cuando la empresa salió a Bolsa.

Quería conocerle, ligárselo. Su voz idéntica a la de Itziar sería su gran baza. A partir de ese momento se convirtió en un sucedáneo. Igual que Itziar, se puso vaqueros y camisa azul clara cuando fue a su encuentro en la cafetería de la última planta del Corte Inglés de

Callao. Le encantaba ese rincón anónimo sobre los tejados de Madrid y pensó que le sorprendería descubriéndole esa vista impresionante. Por eso le citó al atardecer. Las campanas sonaban en las iglesias y su sonido les llegaba amortiguado por las cristaleras enormes. El cielo hacía el espectáculo. Un personaje que cambiaba de ropa por segundos hasta que por fin desembocó en la noche.

—Una vez me encontré con Itziar en las Vistillas. Era un atardecer como éste —dijo él nada más llegar, y ya no volvió a mencionar a su hermana.

Al principio de la merienda Tere consiguió imitar los gestos de Itziar, pero luego se comió todas las tortitas con nata. Fue por los nervios.

Después se sintió mal, no pensaba contarle ese encuentro a su hermana y quizá era importante para ella. Pero Itziar está casada, volvió a decirse para tranquilizar su conciencia.

Pasaron unos días y él la volvió a llamar por teléfono. Otra vez charlaron un rato. Ella empezó a contarle de su trabajo.

—Hoy me ha dicho mi jefe que soy la piedra angular de la empresa.

—Eso es que te estará explotando —contestó él.

—No seas tan negativo, a mí me hacen ilusión estas cosas.

—Las trampas del capitalismo. Tienes un horario de mierda y encima estás encantada. Igual que tu hermana.

—Pero Itziar gana mucho más —dijo ella, e inmediatamente se arrepintió.

—Por cierto, ¿ha vuelto ya de ese viaje tan largo?

De pronto Tere oyó una llamada insistente en el fondo del teléfono: era la hora. Mamá la interrumpía desde el hospital.

—Sí, creo que ya anda por aquí, pero no he hablado con ella. Perdona, te tengo que cortar.

—No te olvides de decirle que la llamé.

—Te llamo pronto y te cuento —dijo ella despidiéndose.

Tere se quedó encima de la cama. Estaba furiosa por haber sacado a Itziar de nuevo a escena. También se sentía mal por no haber hablado con su hermana de su encuentro con Iñaki.

Pasaron varios días y él no llamaba. ¿Estaría con Itziar? Tenía su teléfono, pero no se atrevía. Dejó pasar el fin de semana y sólo salió de casa para ir al hospital; a la vuelta, el teléfono seguía callado, ni un solo mensaje. Tampoco se atrevía a llamar a Itziar. ¿Y si le preguntaba por él?

Cuando por fin le llamó y él la invitó a cenar a su casa ya no le remordió la conciencia.

Esa noche fue la primera vez que se acostaron. Fue ella la que forzó que fueran a casa de Iñaki.

—Nunca he conocido la casa de un escritor —le dijo por teléfono—. Me da morbo.

Sabía que acabarían en ese colchón, en las mismas sábanas que hace unos días habían arropado la pasión con su hermana.

Él había contestado:

—Cocinaré para ti, no eres la única que sabe hacer un *boeuf bourguignon*.

Y desde esa misma mañana ella empezó a saborear la cena que él le prepararía.

Cuando entró en el piso le sorprendieron las estanterías viejas, el suelo atestado de libros y papeles y el cenicero lleno de colillas. De la olla grande de barro salía un delicioso olor a carne guisada y especias. Un alma gemela, pensó.

—Todavía queda media hora para que esté en su punto. Voy a ponerte un pacharán —dijo él.

Mientras él terminaba en la cocina, ella se metió en su dormitorio y se quitó la blusa y el sujetador. Era arriesgado, pero se sabía más hermosa desnuda que vestida y sus pechos eran mucho más rotundos que los de Itziar, que apenas usaba una talla 95; sus caderas, más acogedoras.

Cuando él apareció, fue directo a la cama sin dejar de mirar esos pechos enormes.

—Quítate la falda —le dijo, y cuando ella se tumbó le untó con el licor la señal roja que había dejado el sujetador debajo de sus pechos y se la lamió como si la curara.

—Piensa que soy la menor de las tres, tengo poca experiencia —dijo ella tensa, fingiendo bromear.

—La experiencia la pongo yo —contestó él mientras se desnudaba muy deprisa y recorría ahora con la lengua los pechos enteros y los pezones enrojecidos por el licor de endrinas. Mientras Iñaki iba dejando caer el líquido espeso por la piel de sus muslos, ella temblaba boca arriba sin atreverse a cambiar de postura.

Cuando llegue a las sábanas el licor se confundirá con mi sangre, pensó preocupada.

—Bebe —le dijo él alcanzándole una copa—. Estás rígida.

Tere se tomó todo el líquido de un golpe y la garganta y el pecho le quemaron, pero enseguida sintió el efecto sedante del alcohol, directo a su cerebro. Era la primera vez que le pasaba.

Iñaki aprisionó sus manos con las suyas y su boca bajó por la curva de su cuello y siguió por su escote, hasta llegar a la redondez de sus pechos. Tere cerró los ojos y sintió el recorrido de la barba de dos días sobre su piel erizada. El mentón áspero dibujaba círculos y líneas junto a sus pezones, una caligrafía nueva, desconocida. Sus pezones cada vez más rígidos también escribían sobre la cara de Iñaki. Estaba húmeda, caliente, y sentía la urgencia de tenerlo dentro de ella, pero no sabía cómo hacerlo. Y quería mantener su secreto.

Tenía los puños apretados cuando él empezó a morderle los pezones. Abrió las manos y, casi sin darse cuenta, se incorporó, le abrazó y separó las piernas para que él la penetrase.

Entonces vino el aullido.

—Pero si eres… ¿por qué no me lo dijiste?

—No me atreví —dijo ella. La sangre manchaba las sábanas y corría en hilos por sus piernas cuando se dirigió al cuarto de baño.

Al volver a la cama ya no le importó haber gritado porque, después del amor, él la besó de nuevo en la boca, en los pechos y la abrazaba con tanta ternura que le pareció que quería pedirle perdón por ese daño.

Todo fue bien porque se dio cuenta de que a Iñaki le excitó que fuera virgen, que estuviese nerviosa, que a sus años se sintiese como una niña. Se emocionó tanto que cuando él le dio el primer beso largo tuvo que disimular sus lágrimas.

—Déjame mirarlo, tocarlo —le dijo después mientras le bajaba la cremallera del pantalón.

Iñaki creyó que lo hacía porque no había visto nunca el sexo de un hombre. Pero se equivocaba. Tere sólo quería volver a tocar el tesoro que había arrebatado a su hermana.

Después comieron, brindaron, rieron. Y hablaron del pasado, de su madre, de su padre, de sus hermanas.

La segunda vez él había cerrado los ojos y le vio concentrarse meciéndose sobre ella cada vez más rápido, cada vez más ajeno, y justo en el momento de llegar al orgasmo, por un segundo le sintió lejano, como si pensara en otra.

10

—¿Qué haces hoy? —le ha preguntado Itziar a primera hora.

Tere se sobresaltó. Desde que Mamá está en el hospital, la llama por teléfono todos los días, pero hoy es sábado y se ha adelantado. Le da miedo que Itziar sepa, que adivine que ayer estuvo con Iñaki.

Seguro que cree que me da miedo estar sola en casa, se dice Tere. Ni se imagina lo que le está pasando.

—Tengo que comprarme ropa.

—Si quieres te voy a buscar y nos damos un paseo por Princesa.

—Prefiero salir del barrio, esta vez me voy a gastar la pasta.

Mientras se pinta está feliz. Qué bien que Itziar la acompañe, siempre le ha dado vergüenza entrar sola en las tiendas caras.

Cada hombre que le gusta es una frontera. Y hasta ahora no ha tenido suerte. Para Iñaki quiere comprarse ropa interior de seda y alguna blusa o alguna falda bonita que la haga sentirse distinta. Se siente como un coche al que hay que cambiar el aceite, las bujías, comprobar los frenos y el embrague y poner el motor a punto. Con el jefe ya se le están quitando las ganas. Iñaki la obsesiona. A ver si este nuevo paso por el taller le sirve para algo.

La mirada del otro te prueba, te dibuja, te define, piensa mientras se peina la melena clara que ayer decidió dejarse más larga. Ha intentado vivir sin que la comparación con sus hermanas la hiera y se ha convertido en un ser transparente. Sus vestidos sueltos, esa grasa que le sobra en la cintura, en las caderas, en los pechos y hasta en las pantorrillas la han vuelto invisible. Es curioso que sea ese exceso de volumen lo que haya provocado su desaparición.

Hace sol y en la calle Ortega y Gasset las aceras parecen recién fregadas, las calzadas son amplias y las tiendas tienen nombres de modistos conocidos. En el barrio hay jardineras llenas de flores a cada paso, y Tere piensa que le gustaría sentarse en uno de esos bancos de hierro forjado y dejar pasar el tiempo inmersa en ese lujo como si fuera una vecina más. Ya se lo dijo Laura: si hay un lugar de Madrid que represente el glamour es ése. Y aquí ha venido a buscar la ropa que se pondrá en su próxima cita con Iñaki. Por la calle pasean hombres con trajes bien cortados, corbatas de seda y zapatos italianos. Las mujeres tienen mechas y gafas de sol enormes y todas llevan bolsas de marcas conocidas como Dior o Cartier. A cada paso se transparenta el dinero y hasta los mendigos se rifan las esquinas.

Ella prefiere comprar en el Rastro, en los mercadillos, porque su sueldo no da para tanto y además le da apuro pasear sola por este barrio. La milla de oro, lo llaman.

Cuando tenía trece años vino aquí con tío Luis y, al andar delante de la gente que tomaba el aperitivo en las terrazas de Serrano, sintió que su cuerpo ganaba peso, que sus caderas estallaban en los vaqueros, que los pechos se le salían del escote.

Él la obligó a pasear un rato y luego la invitó a merendar en una terraza.

—¿Por qué me miran? —le preguntó a su tío mientras se tomaba un batido y un sándwich mixto—. ¿No es de mala educación ensañarse así con las gordas?

Esa gente la miraba igual que Mamá.

—Miran a todo el mundo, no seas tonta —le dijo tío Luis sin darle importancia. Ella se había puesto una camiseta rosa que se le pegaba mucho al cuerpo.

—Pues me siento horrible —contestó.

Entonces tío Luis miró sus pechos y le acarició el cuello. Luego le besó levemente el escote.

—Tú eres una Méndez, no lo olvides —le dijo—. Y levanta la cara.

Enseguida añadió:

—Nadie es horrible a tu edad. Mira qué piel más suave —dijo, acariciándole los brazos desde la muñeca hasta el codo.

Se sintió incómoda, como una foca a la que se da de comer y se acaricia en el estanque. No había olvidado las palabras de tío Luis.

Desde entonces le da vergüenza asomarse al interior de las tiendas. Tiene la sensación de que las dependientas, nada más verla, adivinan que no va a comprar nada y por eso la tratan con desprecio. Es como si también ellas tuviesen vergüenza de tener una gorda en su local.

Pero hoy es distinto. Ayer se acostó con Iñaki y hoy Itziar la acompaña. Dos escudos potentes contra su inseguridad. Va a demostrar a esas señoritas desconocidas que también ella puede pisar sus alfombras con firmeza, abrir sus vitrinas, entrar en esos probadores.

Sin embargo, mientras camina con su hermana por las aceras anchas del barrio de Salamanca, siente que las personas con las que se cruzan sólo ven a Itziar. No sabe qué es lo que ha descubierto Iñaki en ese hueco que va dejando a su alrededor. Cómo lo ha traspasado. Quizá también haya visto a Itziar.

Al principio creyó que sus voces idénticas, que Iñaki confundió por teléfono, serían su arma principal. Pero se equivocó. Pensó que podría utilizar esos gestos, sacar partido a ese aire de familia que la une a sus hermanas.

Puede que sea eso precisamente lo que me aparta de él, piensa hoy mientras mira los ojos brillantes de su hermana, su cintura de niña, sus caderas potentes pero suaves y esas piernas largas que ahora avanzan y se detienen ante los escaparates de Ortega y Gasset. Lo que nos separa es esa parte de mí que se parece a Itziar. La mirada de Iñaki es curiosa, inquisitiva, y a Tere le da la impresión de que esa pregunta que le hizo ayer con los ojos era porque buscaba las huellas de Itziar en la voz, en los gestos de Tere. Fingirá que no se entera y tratará de que le dé igual, no quiere amargarse por eso.

Y ahora, mientras la observa, se da cuenta de que Itziar no es consciente de que es guapa y sonríe mientras habla alto, y opina sobre todo y la abruma con todos esos juicios contundentes, definidos donde no hay ni un hueco para entrar.

—Jamás vengo aquí. Me jode esta gente y estos precios —le está diciendo mientras entran en la boutique de Chanel.

—Tú con cualquier cosa estás bien, en cambio yo...

—A ver si encontramos algo pronto y nos vamos a merendar a un sitio más normal. Aquí nos clavarán.

—Pues a Laura le encanta este barrio.

Luego han entrado en Armani, en Kenzo. Las tiendas que le gustan a Laura. Si las viese. Entró en la primera titubeante. A medida que pasaba la mañana se ha ido probando pantalones, faldas, chaquetas, pero todo le quedaba estrecho, incómodo. Si Mamá la viera diría que está haciendo el ridículo.

Por fin en Ralph Lauren ha encontrado un vestido de seda azul marino con una banda colorada en los bordes del escote y las mangas que le queda como un guante. Se mira y se imagina dibujada por las manos de Iñaki. Todavía no se atreve con los colores claros, pero este traje se le pega a la piel, y como sabe que a él le gustan ya no le importa que la ropa marque sus formas. El traje se pega a sus muslos sin apretarle y también la dibuja. El traje Iñaki, lo va a llamar.

Las dependientas la miran con distancia, casi no le hacen caso. Pero esta vez ha tenido suerte.

—Nada me sienta bien —le ha dicho en el probador a una de ellas.

—Si viera usted la de modelos de alta costura que pasan por aquí —le ha contestado la dependienta—. Mujeres ideales. Y todas dicen lo mismo que usted. Nadie se siente seguro ante estos espejos de cuerpo entero.

—Pero yo no soy ideal.

—Es cuestión de mirarse con cariño. Usted es muy guapa y lo sabe, ¿o no? A veces sólo se trata de que alguien se lo diga, alguien que la mire bien.

La hubiera besado, qué buena vendedora. Lo ha comprado sin mirar el precio. Esta vez lo estrena ella. Como su cuerpo. Esta noche ha vuelto a quedar con Iñaki y si todo sale bien estrenará su cuerpo de seda, su cuerpo de Iñaki.

—¿Quién era ese tío que te llamaba? —le pregunta a Itziar cuando por fin se sientan a tomar el aperitivo en una cervecería bulliciosa de la calle Alcalá.

—Nadie, uno de Hondarribia. —dice Itziar desviando la vista y en una voz tan baja que parte de sus sílabas se confunden con el ruido de las cañas.

—Pues ha seguido llamando a casa —dice Tere arrepintiéndose de haber iniciado la conversación.

—¿Y…?

—He quedado con él.

—¿Cómo?

—Creo que quiere sacarme información sobre ti.

—Ni se te ocurra…

Si supiera que ya…, piensa Tere, pero dice:

—¿Por qué?, si es muy simpático.

—Si le ves no le hables de mí. Me persigue, es un pesado.

—Vale, no hablaremos de ti pero tengo curiosidad. Ha llamado mil veces. Primero para preguntar por ti, y, poco a poco, nos hemos ido enredando con otras cosas.

—¿Por qué no me lo has dicho?

—Como dijiste que no querías…

11

Eso es lo que la excitaba antes de conocer a Iñaki. Sus luces tocándose. La proximidad con Sánchez, la intimidad del lugar desierto. Su secreto.

La inmobiliaria por la mañana temprano ha sido puerta. Trajes grises de Armani, chaquetas azul marino, camisas de algodón, corbatas de Hackett la han atravesado como una cortina invisible que les atrae. Luego ha sido calle, más tarde mercado y foro de discusiones en las salas de juntas, pantalla en los despachos.

Ahora la planta cuarta del gran edificio es un valle sombrío rodeado de montañas de papeles. Ya no queda nadie. Sólo ellos, dos luces encendidas y cercanas que las limpiadoras evitan cuando llegan. A esa hora nadie se arrima a ese fuego y, de nuevo, su jefe es para ella.

Él está en su despacho y sólo les separa esa pared delgada que nunca se ha caído. Hasta que acaba de trabajar se queda a acompañarle, jamás ha fallado en estos cinco años. Es el momento que más disfruta.

Con esos horarios jamás te echarás novio. No te pagan para eso. Hazte valer, le recomiendan sus amigas. No entienden que se quede hasta tan tarde cuando él ya no la necesita. Este trabajo es así, dice ella. No es por lo que hago, a esas horas ya no me pide que le ponga llamadas ni necesita que busque documentos en el archivo o que le formatee las cartas. Es por el apoyo, conmigo se siente más seguro. Y a mí me gusta, añade. Aunque las tardes se le hacen eternas cuando él no la llama.

El señor Sánchez debe intuir que disfruta compartiendo el silencio, la soledad de su poder, la intimidad de los sobreentendidos, todas esas palabras que Sánchez no le ha dicho pero que están en su cabeza cada vez que se quedan por la noche en la oficina.

Pero hoy todo es distinto. Desde que está con Iñaki cree que detenerse en esos pensamientos sería una infidelidad. Ahora su jefe es sólo su jefe. Aunque siga quedándose. Ya no es el superman que, hasta hace unos días, habría de salvarla del desierto de su existencia.

Ya no hay desierto, ahora Tere vive en la selva y en la playa. Por Iñaki se viste con falda y, desde por la mañana, se calza esos tacones franceses que le regaló Itziar y la ropa interior de La Perla que le recomendó Laura. Nunca pensó que un sostén nuevo y unos zapatos altos le podrían quitar los kilos donde las dietas fracasaron.

—A ti te ha pasado algo —le dijo ayer mismo Molina, el jefe de Administración, un cincuentón bajito de mejillas encendidas, con los ojos abrazados a sus pechos.

Ahora los que esperan para entrar en el despacho del jefe se detienen sobre los frunces de su blusa, los pliegues de su falda. Y en la máquina de café:

—¿Por qué estás tan contenta? —le preguntó la jefa de informática—. Se te ha pegado en los ojos toda la pantalla del ordenador. Alumbras.

Pero el señor Sánchez sigue mirando a sus papeles, a su pantalla, a su teléfono móvil mientras le da los recados. El jefe no se entera.

Mañana hay Consejo de Administración y hoy saldrán más tarde.

Y ya son las diez.

Pero él ya se lo advirtió ayer:

—Tenemos problemas, Tere. Mañana me quedaré hasta tarde.

Y ella se alegró de esos problemas que le iban a regalar unas horas más con él.

Se ha vuelto a poner la blusa transparente y su madre, al verla llegar a la habitación del hospital con los tacones altos, pintada y con esa blusa negra que deja ver su sostén de encaje y más de la mitad de sus pechos, le ha dicho:

—Vete a cambiar. Pareces una puta.

Gracias, Mamá, ha pensado decirle, gracias por hacer que crezca mi autoestima. Pero ha salido deprisa fingiendo no oírla. Está harta.

Ya son las diez y está segura de que están solos en el edificio. Salvo el guardia de seguridad, no queda nadie.

A partir de las ocho han cesado las llamadas y él mismo ha dejado de pedir papeles o gestiones. No se le oye, y es raro, porque a esa hora siempre le dice lo mismo:

—Teresa, por favor, ¿puede pedir unos sándwiches?

Y con eso ella sabe que se quedarán por lo menos dos horas más. Le excita esa intimidad. Su voz le llega por el teléfono y por el tabique. Está y no está con ella.

Si no existiera Iñaki, la proximidad de esta noche que se está alargando más de lo normal la tendría tan excitada que al llegar a casa no podría dormirse.

—¿Qué hace usted esta noche? ¿Quiere que bajemos a tomar algo?

La cabeza del señor Sánchez ha asomado desde la puerta y la ha sorprendido mirando el recorte del periódico donde está la foto que también lleva en el bolso. En ese mismo momento estaba dudando si quitar la foto de la cartera y de su cuarto y dejar nada más una, como recuerdo, en el cajón de su mesa de la oficina.

—Acabo de pedirle un mixto y un vegetal, como siempre. ¿Le voy preparando un café? —le contesta, y esconde el recorte en el cajón.

—Ya está bien de basura. Hoy vamos a comer caliente.

En el ascensor, Sánchez pulsa el botón del garaje.

—Pero ¿no íbamos al de la esquina?

—Usted se merece algo más que ese garito grasiento —le dice por el camino mientras en el interior del Audi plateado se oye música suave.

El restaurante marroquí es lujoso y nota que les esperan, tratan al señor Sánchez como a un cliente habitual. A Tere no le suena ese sitio y le extraña que les den un reservado.

—Me dijeron que no había otra mesa —dice él como de pasada mientras les sientan juntos en un banco rectangular grande forrado de almohadones de seda y terciopelo. En el saloncito no hay más sillas y la mesa es pequeña. Sus brazos se rozan.

Sánchez sirve vino en las dos grandes copas que les han puesto delante y se bebe de un trago todo el contenido de la suya.

—Qué sed tenía —dice explicándose.

—Pero ¿por qué ha reservado usted? —contesta ella llenando la otra copa con agua mineral.

—Trabajas demasiado. No me cuesta nada.

—Pero yo podría... si hubiera sabido...

Tere no sale de su asombro. Esa amabilidad, no entiende nada.

En cuanto les sirven los aperitivos, *falafel, hummus* y *tabbouleh,* él la coge de la mano

Ella la aparta sorprendida, como si la hubieran pinchado.

Entonces deja de mirarla y concentrándose en la comida y la bebida dice que quiere agradecerle su sugerencia sobre la obra de la plaza de toros y le confiesa que fue su inspiración lo que les salvó. El proyecto replanteado no ha tenido problemas y ya han conseguido la licencia.

—Qué haría yo sin ti —mientras lo dice le acaricia con mucha suavidad el brazo y le vuelve a coger la mano.

—Señor Sánchez —dice ella ahora más tranquila.

No puede dejar de pensar que es la primera vez que su jefe reconoce sus méritos.

—Déjate de señor. Llámame Paco, me conoces más que mi mujer —dice él mientras se levanta y se aproxima con suavidad a un pequeño cerrojo dorado que hay en la puerta.

—Pero...

Entonces, después de una pausa, murmura acercando la boca a su oído:

—Y me entiendes, mucho mejor que ella.

Él ha acariciado su cuello, pero cuando su mano ya está debajo de su blusa negra y entre sus pechos, ella se levanta.

—Por favor, señor Sánchez.

—Siéntate, Tere, no te asustes, no vamos a hacer nada que no quieras.

El jefe se vuelve a ajustar la corbata y a peinar los pelos que todavía no se le han revuelto.

Los dos callan mientras el camarero les sirve un cuscús de cordero que deja en el aire un potente olor a especias.

Sánchez vuelve a llenar y vaciar su copa de vino y luego empieza a comer con hambre. Ella no toca el plato.

Cuando él acaba, desvía la conversación hacia la gente de la oficina. Y termina:

—Unos incompetentes, menos mal que te tengo a ti.

—Pero yo… —murmura ella.

Apenas ha tocado el plato.

—¿Por qué no puedo ser cariñoso con la persona que más me apoya?, ¿con la que más necesito? Y qué guapa estás últimamente.

—Pero señor Sánchez...

Mientras repite esos «peros» se siente estúpida. Ha esperado tanto un momento así que ahora no sabe qué decirle, cómo reaccionar. Y ahora entre ellos está Iñaki.

—No te hagas la estrecha. Tú y yo sabemos que me gustas. Los dos sabemos que me miras con ganas, ¿o me equivoco?

—Señor Sánchez, me tengo que ir.

—Pero si no has probado el cuscús, se te está quedando helado.

—Es que he quedado con mi novio.

—¿Tienes novio? ¿Y cómo aguanta que te times con tu jefe?

—Me tengo que ir.

Él la coge por la muñeca, firme pero sin apretarla.

—Te quedas aquí. ¿O es que eres una calientapollas? Todo el día provocándome con ese sostén negro y esa blusa transparente y ahora quieres escaquearte. Te vas a enterar.

Sus manos la desabrochan, es torpe y rápido a la vez, y ella sigue murmurando un «señor Sánchez» cada vez más borroso y se deja tocar los pechos, quitar el sostén, chupar los pezones. Y, mientras lo hace, nota que su jefe babea y suda y ve que se le ha vuelto a aflojar la corbata. Después, ahogada por sus abrazos, nota que su camisa está a punto de perder otro botón que pende de un hilo muy fino. Piensa que debería buscar una aguja y cosérselo antes de que se le caiga del todo y lo pierda, pero enseguida se da cuenta de que ese botón ya no lo va a coser ella. Entonces, mientras el señor Sánchez avanza con su mano recia y peluda por debajo de su falda y le baja las bragas, se excita. Y, aunque se deja besar en la boca, mantiene las piernas cerradas para que él no note lo húmeda que está.

Debería irse. Piensa en el sexo de Iñaki. Y en el cuerpo largo y delgado de Iñaki y en que, en un solo mes, va a probar dos hombres. Y eso la excita. Por qué no, se dice. Y luego, mientras el jefe baja, le abre las piernas y le pone la mano sobre el clítoris, le pregunta si ha traído condón. El señor Sánchez contesta que no, que él es muy limpio. Entonces se imagina embarazada del jefe y luego contagiada por el jefe y es ella la que le coge la polla. Por lo menos no me dejará preñada, piensa, pero después se concentra y disfruta lamiendo, chupando, sorbiendo sin apretar, dejándose ir hasta que él revienta en su boca. Si me viera mi madre, piensa mientras se limpia con la servilleta. Mamá siempre me mira cuando como.

Si Iñaki se enterase. Pero le ha sido fiel, no se ha dejado violar. Y ahora se bebe la copa de vino para quitarse el sabor a semen.

Cuántas cosas ha estrenado este mes. Si Laura supiera. El sostén que ahora está debajo de la mesa, las bragas de encaje que Iñaki le quitó hace unos días despacio, con esa dulzura que la dejó a su merced, están descosidas. Tendrá que arreglarlas al llegar a casa. De pronto se levanta y sale corriendo. Y aprovecha el momento en que él se abrocha la bragueta para ponerse el sostén y arreglarse el pelo con la mano. Está muy sofocada.

Mañana voy a invitar a Iñaki a casa, piensa mientras sale a la calle. Y lo haremos en la cama de Mamá, decide mientras el señor Sánchez le abre la puerta del taxi que la llevará a casa. Cuando se despiden, él huele a sudor y ella tiene el rímel corrido, pero no le importa. Tiene hambre atrasada. Ahora se lo va a comer todo.

12

Iñaki va a venir.

Hoy toda la casa se ha convertido en su habitación. Cuando Mamá se fue, Tere abrió las puertas y tomó el territorio poco a poco. En son de paz, pero sin perder un milímetro. Ahora va de la cocina a la sala, de su cuarto al balcón y de ahí al dormitorio de su madre. Por fin siente que toda la casa es suya. Está sola y no le importa. En realidad siempre lo ha estado.

Son las ocho y es la hora de la llamada:

—Mañana cuando vengas tráeme el chal azul y las gafas viejas. Con las nuevas no veo ni jota.

Mamá no concibe que deje de ir un solo día a verla al hospital.

—Vale, Mamá.

Para qué servirán sus hermanas.

—Busca el Orfidal en el armario del baño. Lo que me dan no me hace nada. No pego ojo.

—Está prohibido, Mamá —le contesta, y le recuerda que el médico dijo que no se medicase por su cuenta.

—¿Qué haces todo el día en casa? Sal, no te quedes ahí. Aprovecha ahora que has adelgazado un poco.

—Vale, Mamá.

—Y arréglate mejor, mujer. No tienes término medio, vas de puta a monja. Con el plan que tienes seguirás sin comerte una rosca —insiste ella.

Ahora tengo dos. Igual que tú, Mamá. En mi vida hay dos hombres. Dos pollas. Gorda y todo, les gusto. Jódete, Mamá, le gustaría decirle. Pero le contesta:

—Que duermas bien, Mami. Hasta mañana.

En cuanto cuelga la olvida. Él va a venir. Enciende todas las luces, pone música, se cambia tres veces de ropa. Y piensa en el futuro. Tiraré los muebles viejos, se dice, cambiaré las tapicerías de cretona, venderé los ceniceros de plata que sólo sirven para que Gloria, la colombiana, pase media mañana sacándoles brillo. Laura me ayudará. Y cuando vuelva del hospital, Mamá tendrá que tragar con las paredes blancas, con los sofás claros, con los objetos perdidos. La habitación blanca de la pequeña se extenderá a toda la casa.

Entra en el cuarto de Mamá y abre el primer cajón de la cómoda. Aunque está escondido, enseguida lo encuentra. Los ojos de la pantera son dos rubíes que realzan el jersey de pico negro muy escotado que se ha puesto esta noche. Mientras se lo prueba y se ahueca el pelo con el cepillo de mango de plata que hay sobre el mueble, mira la cama de sus padres.

Hoy viene Iñaki. Si se atreviera... Todavía le daría tiempo a lavar las sábanas de hilo bordadas que Mamá guarda en el armario, las que usó su noche de bodas. Las va a planchar húmedas, así quedarán perfectas, como almidonadas. De pequeña siempre quiso dormir allí. Por fin cumplirá su sueño.

Ya tiene la bandeja preparada: los cuencos chinos de Mamá tienen aceitunas, panchitos, patatas fritas y hay cervezas en la nevera. Y para después ha comprado Moët & Chandon, sándwiches de pollo y de berros y pastelitos de frambuesa de Embassy. Una fortuna. Pero es un día especial. Lo tomarán en la cama. Que nada les interrumpa.

¿Le pareceré una pija cuando vea esta casa? Es tan radical.

—Unas niñas cursis. Eso es lo que erais de pequeñas —le dijo el otro día riéndose cuando le confesó que en aquella época moría por Laura—. Cuando ganen los míos os vais a enterar.

De aquel año Tere recuerda a su padre en la playa, delgado y muy moreno. Jugaban en la arena; la muralla de almenas que se llevó una ola; pescar cangrejos en el malecón; los helados de nata nuez y que al final del verano se torció un tobillo. De Iñaki no se acuerda, era demasiado pequeña.

Pero quiero que conozca mi casa. Que sepa todo por lo que he pasado.

Si me atreviese. Vivir aquí con él. Habría que poner el piso patas arriba, cambiar los muebles, vaciar las estanterías para que trajera sus libros. Podría trabajar en el despacho de Papá. Tendríamos niños. Y unas literas nuevas.

Todavía queda una hora pero ya suenan clarines, tambores. Le recibirá bajo palio como al Emperador del Sacro Imperio Romano Germánico. Su hombre. Por fin. Ese alboroto que le suena dentro le ha hecho olvidar el cuerpo grueso, las manos sudorosas del señor Sánchez, las bragas rotas. Hoy todos sus pensamientos son para Iñaki.

Cuando llega, le nota cansado. Observa con curiosidad la casa, todos los recovecos, pero apenas la mira.

—Itziar nunca me habló de esta casa. Ella, ¿vive cerca? —pregunta Iñaki, y Tere siente frío en la espalda, necesitaría que ahora la abrazara. La sonrisa se le borra, aunque es sólo un segundo. Mejor pasar por alto esa pregunta. Recuerda que tienen que cumplir el ritual, soltar la madeja de toda la película que antes había pasado por su mente. El aperitivo, la salida al balcón para divisar de lejos las últimas luces del parque. Las manos cercanas, el beso y la invitación a las sábanas nupciales del cuarto grande. Él cede a esos deseos pequeños, como de niña, pero lo hace forzado, deprisa, sin ganas.

—Quita las fotos —dice cuando entran la habitación—. Parece que tu madre nos vigila.

Y en esas sábanas de hilo recién planchadas Iñaki se deja querer, se deja acariciar.

—Ayer dormí mal —murmura mientras la penetra con los ojos cerrados y sin besarla en la boca.

Enseguida se queda dormido. Tere le abraza, le mira apasionada, le acaricia el pecho. No le importa esa premura ni ese sueño repentino.

Lo toma como una muestra de confianza. Es mi hombre, por eso se siente cómodo, como si estuviese en su casa, decide.

Le encanta verle dormir y vuelve a pensar que quizá es el inicio de una vida juntos. Toma uno de sus pies y lo ve todavía marcado por los calcetines de lana y las botas de piel vuelta que nunca se quita. Besa sin prisa sus dedos ásperos y sus uñas mal cortadas Después acaricia el otro pie, abriendo los pliegues con la lengua sin dejar de mirarlo, esperando que aún no despierte.

El sueño de Iñaki es profundo, no siente la boca ansiosa que avanza por sus muslos buscando su sexo, aunque abre las piernas para permitir las caricias. Ella ríe sofocada y sigue avanzando para enredar la lengua en su vello, deteniéndose en su pecho, escuchando su respiración potente, acompasada.

Piensa que cuando despierte ya no estará cansado y que se untará los pechos con el caviar que ha comprado o dejará que la miel se escurra entre sus piernas para que él la disfrute despacio. Muy despacio, igual que ahora sus dedos acarician su clítoris.

Así que se levanta sin hacer ruido y saca de la nevera el champán y trae al cuarto las copas y la comida.

En su interior sigue la fiesta. Y hay esa duplicidad porque le preferiría besándola, acariciándole los pechos como la primera vez, pero le oye roncar y le gusta. Ese anticipo de lo posible, esa promesa. Por fin lo ha conseguido. La vida tiene esas esquinas, esas casualidades que hacen que, en unos minutos, todo cambie. Estar con Iñaki, hablar con él, tenerle dentro, compartir ese trozo de almohada es por fin empezar a vivir.

—Tenía una idea muy distinta de ti —le dijo hace casi un mes, la primera vez que se vieron—. Creía que eras una mujer frígida, sacrificada, poco menos que una monja.

Eso es lo que le debió de contar Itziar. Porque ese primer día sólo le habló de Itziar. Pudo asistir a la vida secreta de su hermana desde primera fila. En ese momento inicial todavía tenía curiosidad morbosa por conocer el otro lado de su hermana. Creyó que esa conversación a lo mejor le acababa descubriendo algo sobre sí misma.

Y la Itziar de Iñaki era muy distinta de la Itziar de la calle Altamirano casi esquina a Princesa. Incluso alguien distinto de la mujer de Tomás. Alguien que en vez de desayunar Cola Cao con sus hijos antes de llevarles al colegio desayunaría café negro y cruasán a la plancha en una cafetería. Una mujer sin traje de chaqueta que podría pasear desnuda por el piso de un desconocido, revolcarse en sus sábanas y volver a su casa con el maquillaje rehecho como si nada hubiera pasado. Alguien sin hijos, sin marido, sin trabajo confesable. Una Itziar sin teléfono fijo ni dirección conocida. Él sabía que tenía una pareja, quizá una familia, pero ella apenas le había contado nada. Hablaban de su insatisfacción en el trabajo y de los problemas con su madre. De sus hermanas, también de Tere.

—¿Por qué te llama Tere? —insistió Iñaki aquella tarde, como si no pudiera cambiar de tema.

—Así son las mayores, hasta el nombre me lo han quitado —contestó entonces. Y pensó: Itziar y Laura tienen su nombre completo. ¿Por qué yo sólo tengo un trozo de nombre? Para él me llamaré Teresa, nada de Tere, ya no soy la pequeña. Hasta aquí hemos llegado.

Después de esa primera cita vinieron otras y ella perdió la virginidad. Entre olor a pacharán y a carne guisada supo por fin lo que era estar con un hombre.

Y ahora, días después, cada vez que él empezaba a acariciarla, ella se sentía plena, completa. El placer no sólo era la emoción de las primeras caricias sino saber acoplar su cuerpo al de ese tipo delgado y alto y recorrer con él todas las etapas de su propio deseo tantas veces postergado. O sea, que esto era, se decía. Y yo sin probarlo hasta ahora, se repetía cada vez que él le tocaba los pechos, descendía por sus muslos, se detenía en su sexo. Y así, día a día, cita a cita, se fue acostumbrando a Iñaki convencida de que era su destino. Era ella y no su hermana la que iba a ser su mujer. La mujer de Iñaki, qué bien le sonaba ese título.

Sólo el recuerdo de esa segunda vez, esa frialdad repentina, estorbaba su deseo. No soy Itziar, le decía en la oscuridad cuando le creía dormido. No soy Itziar, se repetía ella cuando él la besaba.

No soy Itziar, se repitió ahora Tere mientras servía el champán francés en la cristalería checa de Mamá y se volvía a refugiar debajo de las sábanas de hilo. Y ahora estás conmigo, no con Itziar.

—¿De qué te ríes? —preguntó él al ver esa luz en su expresión.

—Si nos viera Mamá. Me río de su cara. Del asombro de mis hermanas.

—¿Tienen llave?

—He puesto el cerrojo. No te preocupes, Mamá no va a venir.

—¿La echas de menos?

—Cuando vuelva me mudo.

—¿Qué dicen los médicos?

—Se pondrá bien. Volverá, y si no me voy, estaremos de nuevo en el principio.

—Para Itziar vuestra madre era una obsesión. «Ella es la que nos ha dejado», me dijo una tarde, pero no supe a qué se refería.

—Es que mi madre pesa mucho.

—Y había un tío. Itziar hablaba de él como si fuera el protagonista de su infancia. «En el fondo, Mamá era igual que yo», dijo un día refiriéndose a nuestra historia juntos.

—Cállate, me da grima —le cortó ella tapándole la boca con sus pechos enormes como si quisiera ahogarlo mientras él se reía.

No quería escuchar esa versión reelaborada de su familia, de su infancia, de sus obsesiones. Dichosa Itziar, ¿nunca nos dejará en paz?, se dijo.

Había hecho el intento y no había resultado.

—Yo no soy Itziar —volvió a decirle, esta vez en voz alta —. No te confundas.

Ese nombre la borraba y borraba su sexo con Iñaki. La sensación de descubrimiento quedaba profanada por la huella de su hermana mayor, que había pasado antes por allí.

Recordó la mancha roja.

De niña le quedaba pequeña la ropa de sus hermanas. Por eso le sentaba fatal.

Igual ahora, todo le llega usado, gastado. Son ellas las que estrenan la vida, la verdadera vida. Tiene la sensación de que nunca las alcanzará.

Cuando cumplió los quince años su madre organizó una fiesta. Hasta ese día no se había puesto un traje de vestir y nunca olvidará la ilusión por esa novedad, ese día especial en su vida adolescente. Por fin iba a ser la protagonista.

El traje era verde, precioso, pero no era nuevo, ya lo habían usado las mayores. Cuando se lo puso, descubrió sobre la falda una mancha de tomate seca e indeleble. La intentaron lavar con agua y no se quitó. Cada vez que Iñaki pronuncia el nombre de Itziar ve de nuevo esa mancha. Y siente la misma ira, igual decepción.

Ahora, a punto de cumplir los treinta y nueve, se da cuenta de que, aunque compre ropa nueva, en cuanto la usa una vez parece vieja, deformada por sus carnes excesivas, por las sisas que le aprietan, por las caderas que le tiran. Incluso el traje azul de seda recién comprado es ahora un trapo en el armario.

Y es la misma incomodidad de entonces.

Como llegó más tarde no ha conseguido engancharse al pelotón de meta. Corre sola detrás de las otras con un triciclo mientras ellas van en coche; siempre se queda a una distancia que no consigue franquear.

Aquiles y la tortuga.

Con Iñaki esta noche le ha sucedido igual. Quería descubrir ese territorio cálido, incluso creyó que ya era suyo, no hacía falta conquistarlo, pero la mano de Itziar había pasado antes por allí. Maldita. Es su suerte, su mala suerte. Está claro que tampoco esa mancha conseguirá limpiarla.

A partir de esta noche Tere está enfadada con Iñaki porque le habla de Itziar. No contestará a sus llamadas que por unos días son insistentes. Cree que así la deseará más. Laura se lo dice. No le persigas, a los hombres hay que hacerles sufrir.

Pero él insiste y deja un mensaje en su teléfono: «Te tengo que ver. Es muy urgente».

13

Se quería hacer la dura, resistirse a sus llamadas, pero a Mamá le van a dar el alta. Eso hace que el mensaje la haga dudar. Si le contesta, perderá la oportunidad de que la eche de menos. Y él insistirá en hablarle de Itziar. No se dará cuenta de lo dolida que está.

Si no le llama, conocerá a otra. O volverá con su hermana. No podría soportarlo. En todo caso, con Mamá resucitada será imposible que venga a dormir en sus sábanas de hilo, no podrá alimentarle ni mimarle como la última noche.

Además, «muy urgente» justifica una llamada. Aunque eso la haga menos interesante y vuelva a convertirse en la de siempre: una mujer fácil que se pliega a todo, la buena de Tere. Lo piensa cuando marca su número de teléfono, mientras queda con él, en el mismo momento en que deciden ir a un restaurante caro porque —dice él— «tendremos que separarnos por un tiempo, sólo por un tiempo».

Por eso también va a la peluquería, porque es una despedida «por un tiempo», insistió él, y agregó ese «sólo» que sigue revoloteando en la cabeza de Tere como una mariposa salvadora. Ella le cree, ¿por qué no va a creerle?

Empieza muy temprano a pensar en lo que se pondrá esa noche. Abre su armario antes de desayunar y comprueba que ninguno de sus trajes es suficiente para una cita tan trascendental.

Entonces vuelve al cuarto de Mamá y recuerda que en las barras altas de su armario hay todavía guardado un traje de hilo de seda elástico que siempre le gustó. Cuando Mamá se lo ponía, parecía una actriz con su melena negra y sus tacones altos.

A ella también le favorece. Con ese cuello en pico y ese escote generoso, los pechos se realzan. Además, el rojo le queda bien a su piel blanca y a su pelo rubio. Pero la cintura le aprieta y tiene que descoser las sisas y darles holgura para que el traje se ajuste a sus caderas. También los tacones altos le están un poco justos, aunque le caben. Si Mamá la viera. Nada más ponérselos se encuentra más delgada. En un arranque saca de la cómoda el broche de Cartier y lo prende justo en el borde, la pantera sobre el canal de sus pechos. La ocasión lo merece.

Mientras cenan, Iñaki no deja de observar a ese animal salvaje y brillante que sube y baja cuando ella respira.

—Ten cuidado —dice mirándole los pechos y sonriendo—. Es peligroso salir de noche con algo tan valioso.

Ella llena el pecho de aire y lo levanta porque sabe que para él lo valioso son sus tetas, y se acuerda de cómo le gusta detenerse en ellas cuando follan. Luego recuerda el modo en que le lamió los pezones y se los mordió el primer día que hicieron el amor. Eso la excita, pero a la vez siente que hay una mosca negra que se interpone en el placer de volver a verle, de compartir la mesa y exhibirse con él en ese restaurante francés tan exclusivo.

—¿Qué era tan urgente? —le pregunta desafiando al insecto.

—A los postres te cuento —le ha dicho él, retrasando la intriga—. No vamos a estropear estos manjares con mis problemas. Y quiero disfrutar de esta noche contigo —dice, y le coge la mano con ternura.

Tere vuelve a brillar contándole cómo ha redecorado la casa de Mamá. Luego, entre los dos deducen que la lubina papillote está perfumada con un toque de eneldo y que las patatas, después de cocidas, están fritas con mantequilla negra y perejil. Para ella, mostrarle todo lo que sabe de los platos que les sirven es ponerle delante un futuro juntos.

—Estoy en un apuro —le dice él nada más terminar el postre, mientras toma un Johnnie Walker con hielo. Ella ha pedido un poleo—. Te tengo que confesar un secreto porque confío en ti.

La mosca negra vuelve a aparecer. A Tere ahora le empiezan a apretar los zapatos y se pone en guardia. Ya lo sabía, está casado, tiene una mujer y unos hijos que le reclaman. Lo nuestro, le dirá ahora, no puede continuar.

—Tú dirás —le contesta mientras nota que una espina del pescado se le ha introducido entre una encía y una de las muelas y no consigue quitársela con la lengua.

Luego añade, sin darle tiempo a responder:

—¿Por eso tenemos que separarnos? ¿Por eso se acabó lo de Itziar?

—Es que tengo otra vida.

Ya está, lo que se temía. Para qué le habrá contado que es soltero. Si a ella le daba igual, si de todas maneras se hubiera enamorado. También el señor Sánchez tiene una familia. Pero le joden las mentiras.

—Todos sois iguales. Unos mentirosos.

Mientras lo dice se siente idiota y la espina se le clava más y más en la encía. Va a tener que ir al baño para liberarla, aunque ahora no se puede levantar.

—Llevo más de veinte años luchando contra este vicio. Es una enfermedad que me puede. Por eso me tuve que ir del País Vasco, por eso me arruiné, por eso me he encerrado. El maldito póquer.

Tere suspira y de repente se da cuenta de que nunca le ha enseñado un libro suyo. Así que no era escritor. La pantera vuelve a moverse sobre el límite de sus pechos mientras ella se alegra de que no sea más que eso. Y le gusta que confíe en ella. Que de alguna manera le esté pidiendo ayuda. La espina se ha desprendido de la encía y ya está el plato.

—Y ahora debo un montón de dinero —continúa él.

Tere se pone alerta. ¿Le va a pedir dinero? ¿Por eso empezó a salir con ella? Los Méndez eran ricos, pero, a estas alturas, él ya debería saber que están arruinados hace tiempo. Se arrepiente de haberse puesto el broche de Mamá y se acuerda de que, nada más quitarse el abrigo, él le preguntó por esa joya antigua como tasándola con la mirada, y que cuando se sentaron le habló de su valor.

Ella pensó que era una broma, que en realidad estaba aludiendo a lo bien que le quedaba. Soy una gilipollas, piensa, y de manera automática se tapa el broche con la mano intentando que Iñaki no se acuerde de él.

—¿Y qué planes tienes? —le pregunta mirándole a los ojos.

—Necesito tu ayuda —contesta él sin apartar la mirada.

Ya está, piensa Tere. Ése era el motivo, por eso simuló que yo le gustaba. Los zapatos la están matando. Está furiosa por haber sido tan ingenua, por haber creído que podía conquistar a un hombre como él. Soy gilipollas, se dice de nuevo, pero hace un esfuerzo para que en su cara no se reflejen sus ganas de llorar. La mosca negra sigue ahí y no la deja respirar a gusto.

—El sueldo de una secretaria, unos pocos ahorros, es lo único que te puedo ofrecer.

—No, jamás te pediría dinero. No te preocupes.

Mientras lo dice, la coge otra vez de la mano y la joya de la familia vuelve a balancearse suavemente junto al filo de su escote. Lo que necesita es un lugar donde ir. Tiene que salir de España cuanto antes. Hay unos tipos a los que debe dinero y ya han dado con su escondite en Madrid, son gente peligrosa. Necesita desaparecer unos días en un lugar anónimo del que nadie sospeche. Y ha pensado en Laura. Seguro que no se acuerda de él, pero no importa. Si Tere la convence, igual le puede alojar en Bruselas. Cuarenta y ocho horas serán suficientes para buscarse un refugio.

—Confío en ti —le dice.

Mientras lo hace le da un beso ligero a través de la mesa, pero a la vez le aprieta mucho la mano y le sonríe con gratitud. No le conocía esa expresión de niño, sus ojos húmedos parece que se van a poner a llorar. Es esa sonrisa abierta, limpia, un poco infantil lo que la desarma.

—Convenceré a Laura —dice Tere—. Tendrá curiosidad por volver a verte. Y le contaré la verdad. Ya verás como nos ayuda.

Justo en el momento en que saca la Visa y decide invitarle nota que el insecto todavía revolotea. Ahora es pequeño, pero, como una mosca de verano, siente que aún le molesta. Y si no fuéramos ni Itziar ni yo. Y si Laura fuera el único objetivo de todo este montaje, se dice.

Pero Iñaki esa noche, de nuevo en el dormitorio de Mamá y cuando Tere ya tiene los pies desnudos, es un hombre entero, pendiente de ella, atento a su placer. Por eso, mientras está en sus brazos, decide ahuyentar todas las moscas negras y vivir esa última noche como si fuera única. La primera de todas las que vendrán de ese amor que, para ella, apenas ha comenzado.

III

LAURA

1

Quiere comprárselo, pero no se atreve. Tiene miedo de que le haga daño o le produzca una infección, sólo de pensarlo le escuece. Los vio hace una semana detrás del Rond Point Schumann. Desde entonces, al mediodía, después de comer un sándwich vegetal, merodea por los alrededores como si cometiese un pecado. Nunca llega a entrar. Y antes de volver a su despacho de dos ventanas se lava las manos. Acercarse al sex shop, mirar sus escaparates, le produce el mismo efecto que si se hubiera estado masturbando.

La cama de Laura es más honda por el lado de la izquierda.

Cuando no consigue dormir piensa que a la mañana siguiente tiene que dar la vuelta al colchón para que no se note. Le da vergüenza ese trozo de colcha más limpia, más planchada y esa parte del colchón que no ha perdido su elasticidad. La soledad, ese virus, no encaja en su imagen del éxito.

Lo mismo le pasa con la cara. Tiene un lado arrugado y otro terso, como sin estrenar. Madame George dice que es por la postura. Cada mes le hace una limpieza de cara, y mientras le da masajes y le inyecta vitaminas debajo de las ojeras se lo repite:

—Madame Méndez, esto no le servirá de nada mientras duerma tensa y siempre del mismo lado.

Se pone cremas en la cara por la mañana y por la noche con la misma constancia que el viejo mendigo del parque que hay delante de su apartamento limpia sus botas en el charco y trata de protegerlas con mantequilla belga del frío y de la lluvia del invierno. Sabe que cuidar su piel, seguir siendo apetecible, puede salvarla de un futuro sola.

Para ella la soledad no es romántica, no es interesante, no tiene ninguna gracia. La soledad sólo es eso, puta soledad. Y cuando se hace crónica hay que ocultarla como a una enfermedad contagiosa.

Se avergüenza de llegar a casa y de que no haya nadie esperándola en el sofá. Le da rabia tener que confesar a sus amigos casados que hacen bien en tener paciencia, en aguantar el peso de vivir con otro. Ahora les recomienda resistir cuando las cosas vienen mal dadas. Se ha dado cuenta de que cuando les decía que no fueran hipócritas, que no siguiesen juntos sólo por miedo a la soledad, se equivocaba. Siempre es mejor tener una respiración, un olor, una mirada que te ayude a saber quién eres, piensa hoy.

Cuando va a Madrid también le da miedo que le digan que no pueden quedar. Tiene cuidado de no enrollarse demasiado en el teléfono. Teme volverse pesada, pero necesita hablar.

La soledad.

Desde que ganó su primer sueldo quiso tener un colchón grande y, por fin, en el piso de Bruselas, la cama de matrimonio ocupa todo su cuarto. Por las noches llega tan cansada que la utiliza como despacho, comedor, sala de lectura y mueble-bar. El vacío de la derecha se llena de libros, periódicos, cuadernos, y cuando se va a dormir siente su peso encima de la sábana. Esa presencia que no huele la acompaña.

Al levantarse despeja esa superficie y con la luz del día el desnivel se borra. Airea las sábanas. Sólo usa ropa blanca de algodón con bordes de encaje de Bruselas. Estira la bajera y la ajusta, coloca la sábana de arriba con cuidado y la cubre con una manta de lana color camel, luego pone la colcha encima de todos esos huecos que han dejado los objetos de la noche. Cada día alisa ese rectángulo como si trazase una raya antes de irse a la oficina.

Allí Laura va al baño cada vez que termina una reunión. Varias veces al día atraviesa muy deprisa el pasillo para frotarse las manos con el jabón líquido sabor melocotón del cuarto de baño de la DG de Agricultura y Desarrollo Rural.

Y de vez en cuando busca calor en otro cuerpo. La última vez fue ayer.

Venían los de la DG de Salud y Consumidores. Tenían que hablar de la Directiva sobre las vísceras del ganado vacuno y de la inspección veterinaria. Nada más sentarse en la sala de juntas supo que esa noche tendría compañía. Ella llegó la primera. Su puntualidad es inmisericorde, una marca de estilo, algo que la distancia, cree ella, de las costumbres de su tierra y que obedece al mismo impulso que movió a su padre a hacerse ingeniero en vez de limitarse a vivir de las rentas como su tío Luis.

La sala es igual que todas las del edificio inmenso repartido con rigor entre los países miembros de la Unión y entre la burocracia interna de la Comisión. Cada cargo, cada categoría se mide por metros cuadrados de despacho y su número de ventanas. La frialdad de la decoración es idéntica para todos y la temperatura del edificio se regula automáticamente. Esta mañana hacía frío en la calle, pero a estas horas Laura ya está hecha a la neutralidad del clima de la sede de Bruselas. Si está pálida y delgada es porque el sol casi nunca atraviesa esos cristales cerrados.

Por eso le chocó el color encendido de la cara del sueco. Un tono que traía soles lejanos y que de inmediato llenó la habitación de calidez. Olov era ancho y alto. Acababa de volver de unas vacaciones en Mallorca pero parecía un pescador del mar del Norte. Desde lejos le había conmovido su tamaño de oso. Alguien para llevarse a la cama, pensó enseguida, y lo imaginó dormido a su lado.

Siempre le atraen los hombres grandes como su padre, como su tío Luis.

En cuanto dijo que era española la miró con curiosidad y Laura no perdió el tiempo. Estaba sentada en el lado opuesto de la mesa, pero su cuerpo delgado, al pasarle un informe, se curvó un poco más de la cuenta para que el escote de su blusa de seda dejase ver sus pechos pequeños y afilados sin sujetador. Un instante nada más y se hizo con la pieza.

Acabaron la reunión a las siete de la tarde y todos se fueron. En los largos pasillos de las oficinas de la Rue de la Loi las luces empezaron a apagarse. También ella recogió los papeles, apagó el ordenador y cerró todos los cajones con llave, nunca deja nada encima de la mesa. Pasó por el cuarto de baño y, con la misma eficacia, se lavó las manos y se perfumó detrás de las orejas y entre las piernas. Luego se arregló el maquillaje sin prisa y se cepilló la melena clara.

Sus tacones altos hicieron un ruido suave hacia el ascensor. Ahí, apoyado sobre la mesa del pasillo, estaba Olov.

—¿Tomamos algo? —dijo él en inglés.

Sus gestos eran desmañados pero su sonrisa era igual de grande que su cuerpo. Y tenía los dientes blancos, alineados, impecables.

—No, estoy cansada. Y tengo comida en casa —dijo, y sonrió a esos dientes perfectos para desmentir sus palabras.

—¿Dices que me invitas a tu casa?

—Digo que estoy cansada.

—Déjame llevarte.

Siente alivio cuando por fin se va.

Se lo advirtió al llegar al apartamento:

—Me gusta dormir sola.

Habían cenado en el restaurante que hay junto al parque que se ve desde su casa y se bebieron una botella helada de vino del Rin entre los dos.

Él se reía y ella miró de nuevo sus dientes ordenados, sin mácula, y pensó que Olov sería un buen padre para sus hijos, un gran abuelo. Una sonrisa abierta, un cuerpo mullido para pasar los inviernos a resguardo.

Ahora que acaba de irse no sabe bien de lo que hablaron, pero sí que él apenas la tocó durante la cena.

Fue de la reunión, siguieron hablando de trabajo, ahora lo recuerda. De ahí pasaron a comentar el nerviosismo de Jack, el flequillo de Paul, el silencio de Jane.

—Tú nos convenciste —dijo Olov adulador—. Si no fuera por ti seguiríamos reunidos.

Qué bien me ha conocido, pensó ella. Como si supiera lo que me halaga que reconozcan mi eficacia.

Laura notó de nuevo su mirada fija en los pezones, que se marcaban bajo su blusa de seda, y su sonrisa abierta y esta vez decidida.

Olov dijo que le gustaba el chocolate. Cuando pidió el postre, ella volvió a pensar en un oso grande y rubicundo que buscaba un dulce entre los hielos de esa noche fría. No quiso más que una infusión, con el vino empezaba a marearse. Cuando trajeron el helado con la salsa caliente y oscura él puso el plato entre los dos y pidió otra cuchara. Mientras lo comían, Olov le tocó la mejilla como si le quitara una mancha. Eso fue todo. Pero hablar de otros había creado esa complicidad de los que quieren estar de acuerdo aunque sólo sea en las pequeñas cosas. Al final de la cena, el inglés mal pronunciado ya no se interponía entre ellos.

Qué fácil es llamar al deseo. Un poco más de alcohol en la sangre y las manos pierden la timidez, la piel se afina, su espesor desaparece. Porque al salir al frío de la calle le deseó. Quería que se quedara, que subiera los escalones que van hacia su portal, que no se moviera de ahí aunque ella se resistiese.

Y parece que la oyó. Abrió la puerta de la casa y avanzó sin dudar. Nada más entrar le quitó el abrigo, el collar, la blusa. Lo hizo con delicadeza. Parecía el dependiente de una tienda que tiene que cambiar de vestido a un maniquí de cristal. Sin rayarlo, sin romperlo. Esa dulzura del trabajo bien hecho. Y Laura se dejó mientras le repetía:

—Me gusta dormir sola —pero esta vez lo dijo sonriendo, invitándole.

—No vamos a dormir —dijo él.

Los dos parecían tranquilos. En silencio y muy despacio, como quien va a cometer un crimen, Olov se fue desvistiendo en el lado más alto de la cama. Llevaba botines debajo de los pantalones del traje. Se los quitó de un solo golpe, como un vaquero. A ella le pareció muy hombre. Sólo se dejó puestas las botas y las bragas y se acercó a su lado rodeando la cama.

Entonces se puso de pie y la empujó con fuerza contra la pared. Era tan grande, tanto más que ella, que la asustó y al mismo tiempo encendió su deseo. Sin ofrecer resistencia, arqueó su cuerpo para pegarlo al de él, pero, cuando al besarla le cortó la respiración, volvió a tener miedo y apoyó las manos en su pecho empujándolo para separarle de ella.

—¿Demasiado rápido? —dijo él, acariciándole el cuello con delicadeza. Un segundo después, la aprisionó de nuevo metiéndole la mano por la espalda para arrancarle las bragas, que se rompieron por el centro de encaje.

Algo en su abrazo le recordó al tío Luis. Olía a colonia inglesa. Vio otra vez la etiqueta del frasco en el cuarto de baño de Mamá: Yardley of London English Lavender Cologne. Sus manos enormes cogiéndola en brazos de pequeña. No hablaba, pero respiraba como un animal con hambre.

—No le dejes que te haga eso, ya no eres una niña —decía Itziar cuando se quedaban solas.

—No me hace nada —contestaba ella entonces—. Es sólo un juego.

—Si Papá no se hubiera ido, tío Luis no estaría tanto en casa.

—Pero nos quiere mucho.

—Que no te trate como a un bebé. Ya eres mayor.

Olov la tumbó en la cama, le quitó las botas. Sintió su peso encima de las costillas, su piel encendida contra la suya pálida. Ahora gruñía. Se abrió a ese cuerpo grande. Era como si la piel de ese oso la abrigara y el calor de ese placer le empezaba a subir por los muslos. Si él la aplastaba, si la atravesaba, olvidaría la cara del otro. Dejaría de mirar aquella escena lejana y podría disfrutar con el abrazo de su nuevo juguete, ese animal tierno y peludo. Recordó sus dotes de actriz y se concentró. Chupó, mordió, separó las piernas y le dio la boca. Luego se dio la vuelta y se montó sobre él. Sabía cómo moverse y calentarle por dentro con su balanceo cada vez más ligero, cada vez más intenso. Lo hizo con suavidad y con rabia hasta que él se corrió. Y no sintió nada. Sólo el deseo agudo de que lo que estaba pasando le sucediera de verdad a ella. No a la que observaba. Esa otra con cuya cara seca y angulosa se encontraría al día siguiente en el espejo.

—Tienes que irte —dijo Laura cuando los dos abrieron los ojos. Ahora estaba helada y prefería estar sola.

—No —murmuró él con un gruñido y volvió a abrazarla como si quisiera de nuevo empezar a jugar.

Y siempre pasa igual. Le da pena que se tengan que ir. Pero no sabe hacerlo de otro modo.

Le dejó dormir un rato y encendió la luz.

2

—¿Qué estudias? —dice tío Luis arrimando mucho su silla a la de ella para mirar el libro.

Ha venido a buscar a Mamá y, mientras espera a que se arregle, ha entrado en la habitación de las niñas y se ha sentado en la silla de Itziar. Es tan grande que le falta silla, le falta mesa y, desde esa postura de Gulliver, habla con Laura.

—Francés. Dice Mamá que para ser actriz hay que saber idiomas.

Sus hermanas han salido y, cada vez que se queda sola en su cuarto, echa de menos a Papá. Sigue esperándole y, a la vez, está enfadada con él porque cuando viene de visita nunca dice cuando la va a llevar a ese país nuevo donde trabaja. Qué bien que esté aquí tío Luis.

—Yo lo aprendí en París.

—Qué suerte —contesta ella.

Aunque sólo tiene diez años sabe que tío Luis no se parece al padre de ninguna de sus amigas. Es más alto, más elegante, distinto.

—*Bouche* es boca.

Y mientras lo dice le dibuja con su dedo índice unos labios sobre los suyos. No entiende ese gesto, pero el tío

Luis siempre ha jugado con ella, es su preferida, así que no le extraña.

—*Langue* es lengua.

Y como le mira curiosa, él consulta el libro, y, sin mirarla, añade:

—Cuando yo diga *langue,* saca la lengua. *Ma langue, ta langue.* Mi lengua, tu lengua.

Y luego:

—*Yeux* es ojos. Y los ojos se abren y se cierran. *Ouvrez les yeux, fermez les yeux* —le dice, y se los cierra con la mano entera.

Siempre le han gustado las manos grandes y blancas del tío Luis, que se parecen tanto a las de Papá. Pero él lleva en el meñique de la derecha un anillo de oro con un sello que ahora le roza la sien.

—A ver si lo has entendido. *Fermez les yeux!*

Y Laura, instintivamente, obedece. De nuevo pone su mano sobre los ojos de ella. Suave pero con firmeza.

—*Maintenant la bouche* —y con su dedo índice le dibuja la boca acariciándole los labios con dulzura—. Así no lo olvidarás. El tacto alimenta la memoria.

Le dice que no abra los ojos.

—Con los ojos cerrados se controla la concentración, eso impedirá que te distraigas. *Ouvrez la bouche.*

Y le advierte que repetirá el experimento tocándola con la lengua. Qué caliente es la saliva de los demás, se acuerda que pensó. Después, su tío le cerró de nuevo los ojos con esa mano firme, grande, que era igual que la amorosa mano de Papá.

En ese momento se oyen ruidos en el pasillo y una voz aguda:

—Luis, ya estoy —grita Mamá.

Gulliver se levanta con brusquedad, tambaleándose al dejar la silla diminuta que se cae en el acto.

—Ya seguiremos otro día —le dice a Laura en un susurro.

A partir de ese momento, cada vez que se quedan solos tío Luis le habla en francés y le dice en voz baja que tienen que seguir la lección. La mejor manera de aprender un idioma es jugando, le insiste. Y ella echa de menos a su padre y le gusta que su tío la trate como a una persona mayor y no como a una niña, pero esos susurros la ponen nerviosa.

—Eres mi preferida —le ha dicho mil veces.

A los pocos días la espera a la salida de la casa de la calle Quintana donde Laura recibe clases particulares de francés.

—Vamos, te invito a un helado en Bruin.

Y, como hace calor, ella le sigue.

—Pero antes vamos a dar un paseo.

El quiosco se queda atrás y pasean hasta la parte más baja del parque del Oeste.

—Con Felisa nunca venimos aquí —dice ella cuando ve que se alejan de la zona que mejor conoce.

—Por esta parte estaremos más tranquilos, aquí no nos molestarán.

—¿Pero por qué nos alejamos del camino? ¿No íbamos a tomar un helado?

—En la hierba estaremos más frescos.

—Pero si a estas horas ya no hace calor.

En la lejanía, el sol se pierde con pereza detrás de la sierra.

—Hace tiempo que no te tomo las lecciones —dice tío Luis en cuanto se sientan.

—Ya me lo sé todo.

—*Fermez les yeux* —el tío empieza con una voz muy tenue que poco a poco va ganando firmeza, como si estuviese dando órdenes a unos actores. Esta vez son los brazos y las manos. Ahora esas manos grandes se pasean por sus hombros y acaban en sus pechos incipientes. El sol brilla en el oro del meñique y la deslumbra. Enseguida le dice que se quite los calcetines y le va diciendo *doigt, pied,* mientras acaricia los dedos blancos y pequeños de los pies de Laura. Pero ella tiene cosquillas y ha abierto los ojos. Ve que su tío está muy colorado y que respira mal.

—Tío, ¿qué te pasa?

—Hace calor.

—¿Por qué no vamos a tomar el helado?

—No, espera, volvamos a repasar. ¿Cómo se decía boca?

—*Bouche* —dice ella de mala gana, y empieza a levantarse.

—No, así no se pronuncia, la *ou* de *bouche* es como una u larga, suave… —mientras lo dice la coge por los hombros con suavidad y vuelve a sentarla en el suelo—. El tacto, es el tacto el que hará que mejore la pronunciación.

Después le dice que se relaje, que piense en lo fresca que está la hierba y que cierre los ojos. Y se los vuelve a cubrir con la mano. Pero esta vez ella no los cierra y se intenta levantar de nuevo. De pronto las manos de su tío se convierten en garras, nota su fuerza y el anillo de oro se le clava en la frente. Laura tiene muchas ganas de llorar, de volver a casa, y se escapa corriendo por el parque hasta que alcanza el portal.

—Tengo que estudiar, mañana tengo examen —le grita desde lejos cuando ve que no la sigue.

Cuando por fin llega a su cuarto tiene las tripas revueltas y un nudo de angustia le cierra la garganta.

—Es este calor, se te ha cortado la digestión —dice su madre cuando la nota pálida y ella le cuenta que acaba de vomitar—, le voy a decir a tío Luis que los helados te sientan mal.

3

Suena el teléfono y cuando se pone no contestan, pero por el ruido sabe que es de Madrid.

Se ha levantado pronto y ahora saborea el desayuno que se ha traído a la cama en una gran bandeja de caoba y plata: café negro, cruasanes recién descongelados en el horno, mantequilla, mermelada de naranja amarga y una rodaja de piña recién cortada. Le encantan los domingos por la mañana. Sobre la colcha, *Le Monde* y *El País* que le acaban de dejar debajo de la puerta del hall y su novela de Modiano a medio leer. Tiene todo el día por delante para relajarse.

El teléfono vuelve a sonar y, cuando lo coge, de nuevo cuelgan.

Quién será, se pregunta molesta por la interrupción. La soledad tiene sus ritos, sus placeres, y no quiere que le estropeen esos momentos únicos en que su cama todavía guarda el calor de la noche.

De estudiante se levantaba temprano para ir al Rastro. Buscaba libros viejos, objetos antiguos, pequeños muebles para su cuarto. Ya entonces odiaba la mugre de los puestos de ropa, no le gustaban los muebles populares ni le hacían gracia los botijos. Cuando está en Madrid todavía se acerca alguna vez a las galerías de la Ribera de Curtidores. En Bruselas va a las subastas. Ahí, en la cómoda que hay frente a su cama, está el reloj francés del dieciocho que ya se ha revalorizado al doble de lo que lo compró. La alfombra del dormitorio es un kilim antiguo que encontró en Londres y en la mesilla tiene una figura de alabastro del diecinueve: una niña sentada con un libro abierto que le costó una fortuna en una subasta suiza.

Casi todo lo que hay en su casa, su ropa, sus zapatos, sus muebles, su comida, tienen firma. Para ella, rodearse de belleza exquisita y garantizada es una necesidad. Cree con firmeza que las cosas caras son mejores y puede permitirse gastarse todo el sueldo del mes en demostrarlo.

Vuelven a llamar y, aunque insisten, esta vez no lo coge.

En el caso de las personas, la firma, la marca, puede ser un título nobiliario, mucho dinero o un cargo público de alto nivel. Pero lo que más le atrae es el talento reconocido. En cambio, desprecia a los políticos.

Hoy duda si hacer una excursión a Knokke le Zoute, no aguanta el sol en la piel aunque le encantan esas playas nubladas del norte de Europa. Aunque está tan tranquila que quizá será mejor acercarse al mercadillo de antigüedades de la Place du Grand Sablon y luego seguir leyendo el periódico en el parque.

El teléfono la interrumpe de nuevo, es Tere.

—Laura…

—¿Eras tú la que llamabas?

—No, bueno, sí…

—¿Le pasa algo a Mamá?

—No, sigue bien pero todavía no le dan el alta. Dicen que se ha quedado muy desnutrida.

—Menudo susto, Tere, lo siento…

—Ya os dije que estaba mal. Pero no te llamo por eso —nota todavía un rastro de duda en su voz.

—¿Ah, no?

—He empezado a salir con un tío…

—No me digas, ¿quién es?

—No le conoces, pero…

—¿Y de tu jefe qué…?

—Pues justo ahora parece que se anima. Ése nada, ya sabes. Un revolcón y gracias.

—Qué bien, Tere, te vas a estrenar, ¿o te has estrenado ya?

—El problema es que estoy gorda. Él salió con Itziar y creo que… Estoy gorda, no tengo ropa, ¿qué puedo hacer?

—No te comas el coco. Compra un par de sostenes de encaje negro en la Perla y unos taconazos en Clergerie. A ver si encuentras algo que se te pegue al cuerpo en las boutiques de Ortega y Gasset.

—Menudo pastón.

—Olvídate de los mercadillos y estírate. Aunque si le gustas, la ropa da igual. Maneja tus tetas, pon en valor tus ojos, eso funciona.

Cuando cuelga, se alegra de oír esas novedades ¿Cómo será ese tío? A ver si consigue cambiar ese destino de solterona. Laura odia su discurso de víctima. Parece acumular veinte siglos de marginación y cultiva esa forma cabreada de quedarse siempre en segundo plano de las mujeres más tradicionales. Y qué horror su estilo *hippie* a contrapelo, o cuando se pone esas faldas demasiado estrechas. Le dan pena sus muslos gruesos y detesta ese jersey rosa que le exagera las mollas y las tetas.

Pero sobre todo está harta de su gran queja, que se concreta en pequeñas quejas diarias. Siempre le duele algo. Faringitis, agujetas, migrañas. Sin embargo nunca deja de ir a la oficina y oculta a su jefe esos dolores menores que le hacen sufrir. Cómo les reprocha toda una vida cuidando de Mamá, es como si quisiera que sus hermanas se sientan culpables de todo lo que le sucede. Eso es lo que hace que Tere se parezca tanto a Mamá.

El teléfono vuelve a sonar. Es ella de nuevo.

—Oye, que se me olvidaba. No se lo digas a Itziar.

—¿Por qué?

—Es pronto, prefiero que quede entre nosotras.

Le gustaría llamar a Itziar y cotillear sobre el nuevo novio de Tere. Menudo bombazo. Había dado por supuesto que la pequeña jamás tendría una pareja. Y ahora se da cuenta de que no la conoce. Y tampoco conoce a Itziar. Creo que sé lo que piensan, lo que sienten, me he criado con ellas, se dice. Pero si ellas no saben nada de mí, ¿por qué voy a conocerlas yo? Nunca sospecharían que miro penes de plástico en los escaparates, ni que todavía no he dormido una noche entera con un hombre. Jamás lo sabrán. ¿Y ellas? ¿Qué sé yo de ellas?

Echa de menos la complicidad que tenían antes de que Itziar se casase y ella se viniese a Bélgica. Añora esas tardes en Altamirano. Las tres en el sofá hablando de que Papá volvería pronto, viendo las películas de Super 8 que les hizo. Las imágenes del jardín de la casa del norte. Papá filmando a Mamá, a las niñas que jugaban con un hula hoop. Ahora siente que la imitan y le piden consejo, aunque ya no puede desahogarse con ellas. No comprenderían lo que le pesan los secretos familiares. Mejor que no lo sepan. Pero todavía las echa de menos.

4

El tipo la mira, parece que la sigue. Es joven, mucho más que ella, y también lleva su carrito.

Ha salido de la oficina a las seis en punto y, como cada quince días, entra a las seis y veinticinco en punto a hacer la compra. Los pasillos de mármol del supermercado se parecen a los de su oficina. La limpieza, el brillo helado del corazón de Europa. Le gusta esa pulcritud de laboratorio, pero, no sabe bien por qué, siempre que se pasea por esa superficie pulida se acuerda del mercado de Argüelles.

Allí era el delantal blanco recién planchado de la verdulera, el rojo de los tomates, el desorden selvático de las espinacas, las calabazas como batracios enormes. Le impresionaba la plata del pescado, las garras de dinosaurio de los percebes, la autopsia de la carne de buey sobre las mesas de mármol, los huevos apilados, la gitana que vendía claveles a gritos a la salida. Y ella muy pequeña, mirándolo todo, detrás de las bolsas inmensas de Felisa, intentando no perderla en ese vocerío, entre tantas pisadas. Le confundían los colores pero sabía evitar la basura del suelo, las mondas de fruta, las colillas, los papeles de periódico que envolvían las verduras.

Hoy es viernes y es la hora en que empieza el fin de semana. En los alrededores de Bruselas los bosques ya están negros, sin embargo, el cielo todavía es azul. Dentro del supermercado, a pesar de la multitud, no se oye una palabra. Sólo el hilo musical envuelto en plástico transmite un ritmo antiguo de bossa nova. Pero él sigue detrás de ella y coinciden en la cola de la carnicería. Al cederle el turno le ha sonreído levemente y Laura, sin devolverle la sonrisa, ha podido fijarse en que el tipo sólo lleva una lata de cerveza en su carro.

En los pasillos envueltos por la misma luz fría de las oficinas de la Comisión Europea, Laura abre la lista que imprimió antes de salir del trabajo. Cada día señala en su ordenador los productos que se han acabado, así que sabe hace tres días que tiene que añadir al carro una minipizza Buitoni. Le falta también una tortilla de patatas de las que caben en un plato de postre, una lata de atún Albo redonda *Product of Spain,* arroz deshidratado para cocinar en el microondas en cinco minutos y una bolsa de lonchas de jamón de Parma envasado al vacío para hacer un solo bocadillo.

Siempre pensó que odiaba los botijos, las frituras y la comida cruda envuelta en papel de estraza del barrio de Argüelles, pero el paquete de alcachofas congeladas le hiela los dedos. Según las indicaciones, es una ración para dos. Mentira. En realidad, lo sabe bien, son raciones para los que viven solos. Y aunque al tocar el paquete recuerda que es uno de ellos, se consuela pensando que son cómodos y que ya está acostumbrada. Ella nunca improvisa, por eso también sabe que necesita un kilo de azúcar al mes, media docena de huevos cada quincena y un kilo de fruta fácil de pelar a la semana.

No es que le apasione hacer la compra, todo lo contrario, emplea su tiempo en hacer cálculos para que se acorte esa faena.

El chico de vaqueros apretados y pelo revuelto sigue observándola y cada vez que le mira de reojo vuelve a sonreír. También lleva botines, los de él son rojizos, puntiagudos y tienen un poco de tacón, nada que ver con los zapatos sólidos de Olov. Y no parece sueco. ¿Será un chapero, un gigoló? Lo piensa durante un segundo y al instante se acusa a sí misma de clasista. Nunca ha pagado por el sexo, ni siquiera en aquel viaje a Cuba cuando un tipo bellísimo se sentó a su lado en el hall del hotel y le contó que era médico y que necesitaba dinero para salir de la isla. Tenía una sonrisa muy dulce mientras se lo decía y su piel de color dorado oscuro la encendió. Estuvo a punto de invitarle a su habitación, pero no lo hizo. Sus principios inalterables. Siempre ha estado en contra de la prostitución, ya sea femenina o masculina. Luego se ha arrepentido. A menudo fantasea con el recuerdo de aquel mulato de ojos enormes y cuerpo delgado y piensa que quizá si pagase ella, si sintiese ese poder sobre un hombre, conseguiría llegar al orgasmo.

Éste es demasiado joven, se dice Laura. Y tiene el pelo sucio. No pierdas la cabeza.

Además hoy va a prepararse un arroz instantáneo en el microondas, leerá el periódico y verá una película tumbada en el sofá. Esta noche dormirá sola, ya ha tenido su ración. Así sucede después de sus encuentros eventuales que siempre acaban antes de que amanezca. En los días siguientes recupera su territorio con alivio.

Olov no la ha llamado. Todavía huele a él en su cuarto.

Cuando se van suele ventilar bien, cambiar las sábanas y las toallas y ordenar el cuarto de baño hasta que todo vuelve a su sitio, como si borrara las huellas de un pecado. Olov ha sido una excepción. Esta vez no cambió la ropa de la cama para retener durante un tiempo su olor a colonia inglesa. Y ahora recuerda que le gustaron sus dientes intachables, su risa inteligente. La complicidad momentánea de la noche y el sexo. Ese calor que empezó a subirle por los muslos y que estuvo a punto de... Pero con el frío que hacía, le echó a la calle. Y tampoco con éste supo fingir.

En la cola de la caja vuelve a coincidir con el chico de los botines y por un momento piensa en ese calor de su noche con Olov y en si ese chico tan fuerte podría hacer que recuperara algo de ese fuego que se apagó de pronto. El contraste entre sus dos carritos les hace sonreír otra vez. Él va delante y, después de pagar, se mete la lata de cerveza en uno de los bolsillos de su chaqueta de cuero negra. Laura ve como, en ese gesto, él marca desde los bolsillos su espalda potente, su estupendo culo. Aunque no la mire, sabe que ese gesto es para ella.

Como va muy cargada, acerca el carro al coche. Él la sigue discreto a una distancia respetuosa. Ojalá se acerque, piensa Laura, y reza para que no sea tímido. Sin embargo, no se atreve a darse la vuelta para animarle.

En la explanada del aparcamiento ya es noche cerrada y hay poco movimiento. Abre la puerta trasera de su Volvo azul oscuro y empieza a meter las bolsas. Mientras tanto, nota que él se aproxima casi sin hacer ruido. Ojalá se atreviera a mirarle. Ahora, una vez vaciado el carro, ha cerrado el capó y abre la puerta del conductor. Pero él ya está detrás de ella.

—¿Puedo ayudarla? —le dice galante en un francés arrastrado y vulgar.

—Claro, muchas gracias —contesta mientras por fin gira la cabeza y le sonríe. Antes de terminar de volverse, él ya le ha puesto la mano en la boca y le ha inmovilizado el brazo con una llave. Por un momento piensa que es una broma, una nueva manera de ligar.

—No grites, puta —dice él con violencia—. Si gritas te mato. Dame el móvil, el reloj, las llaves, la cartera.

Lo dice en un susurro, igual que le hablaba el tío Luis, pero le ha puesto una navaja en el cuello. Y nota su aliento amargo que le llega a la nariz y a la nuca al mismo tiempo. Tiembla mientras le da el Rolex de oro, las llaves del Volvo y el bolso de Hermès.

—No me hagas daño —acierta a decirle, no está segura de que su voz se oiga.

—Métete en el coche. Si alguien se da cuenta te mato. Puta.

Putain, putain, ésa es la palabra que repite el tipo y que a Laura se le quedará grabada durante meses.

Cuando se enciende el motor y ve que se alejan del centro se siente aterrorizada. Está en manos de un delincuente y sola. Un tipo de aliento amargo que ha dejado de sonreír y que ahora se ha parado en la cuneta.

—Necesito el coche para hacer un trabajo. Te voy a dejar aquí.

Respira con alivio pero no puede contestarle. Se ha quedado sin voz y, cuando ve que va a empujarla a una zanja junto al arcén de la autopista, siente vértigo. Cuando cae se hace daño en una rodilla y las piernas le tiemblan, tanto que no consigue levantarse. Se ha hecho pis.

—Si avisas a la policía te buscaré donde estés y acabaré contigo. Recuerda, puta, que tengo tu bolso, tus datos. Recuerda, vieja puta, que te encontraré.

Como si subrayase sus palabras le tira encima todas las bolsas del supermercado. La comida se desparrama en la oscuridad y una botella de cristal se rompe a su lado. El tipo se da la vuelta y se aleja hacia el coche. Entonces, riéndose, se mete las manos en los bolsillos de los vaqueros y se contonea mientras vuelve a marcar su culo firme y redondo.

—Puta —le grita de nuevo entre carcajadas.

Unos segundos después, desde la zanja, Itziar se da cuenta de que los faros traseros se alejan. Pero no puede moverse. Si él la ve por el retrovisor dará marcha atrás y la meterá de nuevo en el coche. Le duele la rodilla, las caderas, el coxis. No sabe si es una fractura y permanece quieta, temblando.

Ha pasado casi media hora y se ha intentado abrigar con las bolsas de plástico. En ellas no hay nada comestible, nada caliente. Todo está congelado, envasado al vacío, deshidratado. Corre una brisa gélida y todavía siente su aliento en el cuello.

Mientras se arrastra para salir de la cuneta se da cuenta de que está magullada, pero también de que no tiene nada roto. Entonces mira al cielo y recuerda que es una funcionaria de nivel A2 de la Unión Europea, que sabe cinco idiomas y que tiene un sueldo que le permitirá comprar otro Volvo, otro Rolex, otro bolso de Hermès. Y está viva. Vuelve el olor amargo de su aliento llamándola *putain, vieille putain,* y nota un rasguño lleno de sangre seca en el cuello. Y apenas puede moverse porque tiene las bragas y las medias empapadas.

Nunca jamás, desde que Papá se fue a América, se ha encontrado tan sola y tan pequeña. Siente lo mismo que aquellas tardes en el colegio después de su partida. La misma soledad, el mismo desaliento. Las mismas ganas de volver a verle. Así que tarda mucho en ponerse de pie, dejar la zanja, acercarse al borde del arcén de la autopista y hacer señales a un coche de policía que, de madrugada, la devuelve a casa.

5

—No, Tere, no insistas más. Llego tarde, te tengo que colgar.

Ha pasado un mes y no ha conseguido dormir bien hasta esta noche. Pero hoy el teléfono la despierta temprano.

Nada más colgar se ducha y empieza a maquillarse con suma concentración para olvidar esa llamada.

Siempre pasa más de una hora en el cuarto de baño. Primero el sérum, sobre él la hidratante, luego la crema solar. Al final, con una esponja muy fina, se extiende el Double Wear Stay-in-Place-Makeup de Estée Lauder. Su publicidad dice que proporciona un tono duradero, un acabado natural y protección solar, todo en uno. El folleto afirma que, intransferible, su color permanece inalterable, sin cuartearse ni correrse, proporcionando un aspecto impecable durante doce horas. Jamás se corre, igual me pasa a mí, pensó Laura la primera vez que lo leyó. A pesar de que el folleto sigue hablando de que la fórmula libre de aceites protege la piel con FPS 10 no químico y que contiene dióxido de titanio, etc. Impecable, ésa es la palabra que le convenció para elegir el de Estée Lauder entre los mil maquillajes de aquella *duty free* del aeropuerto. También ella quiere parecer impecable y, mientras se lo extiende por el cuello y las mejillas, piensa que impecable también quiere decir que no peca. Es una mujer que no se corre, que no peca, sin mancha, impecable. Sin pecado.

Por eso nunca ha bebido y jamás fumó su primer cigarrillo. Sólo come productos dietéticos, y si en la librería de Tere hay libros de recetas, en la de Laura, sobre todo, hay textos de derecho europeo que se mezclan con los libros sobre alimentación sana y medicina natural.

Cuando oyó a su hermana por teléfono, su primera reacción fue decirle que no. Nunca ha tenido huéspedes. Esa habitación vacía es sólo para sus hermanas, para alguna amiga o por si algún día Mamá viene a visitarla. Un hombre no, claro que no va a meter a un tipo que apenas conoce en su casa. Menudo disparate. Y qué desorden. Aunque sea un favor, aunque nada más sea por unos días. Odia ese tono suplicante de Tere, esa insistencia. Perder los papeles así por un tío. Qué desesperada debe de estar. Si el tal Iñaki tiene problemas con el juego, que se vaya a una clínica de deshabituación. Si le persiguen los deudores, que se busque la vida. ¿No será que la mafia de la que huye es la propia Tere? ¿Que es a ella a lo que tiene miedo? Siempre que llama Tere es para pedir algo. Qué impresentable.

Además no tiene sitio. La casa de Laura es un apartamento moderno donde sólo va a dormir. Lo limpia una empresa, una voz femenina a la que deja notas y con la que a veces habla por teléfono. Su única relación con ellos son las transferencias que les hace el primer día de cada mes.

Laura es una fanática del orden, cada día se deshace de cosas inservibles. Pero nunca tira la ropa. Tiene la teoría de que, como es tan cara, jamás se pasará de moda. En sus armarios, abarrotados de trajes de chaqueta de marca y blusas de seda, no hay sitio para una chaqueta de hombre.

Pero es mentira. Sabe que, si se enamorara, tiraría todo lo que cuelga de esas perchas, sería capaz de vestirse sólo con una túnica o con un vaquero viejo y una camiseta para dejarle sitio. En el armario del baño hay una fila de cremas y perfumes alineados. En esas baldas llenas de frascos sólo quedarían el desodorante y el cepillo de dientes si ese amor inédito quisiera traer su cuchilla de afeitar. Con esa cuchilla cortaría con su pasado.

Claro que recuerda a Iñaki. Fue justo cuando tío Luis empezó a visitarles con más frecuencia. Aquel verano había una sombra que siempre la miraba desde lejos. Le recuerda en septiembre, en la novena, muy temprano por la mañana camino a Guadalupe, y más tarde en Kai Alde, cuando iba a desayunar con sus amigas. El sabor del chocolate, la nata montada y su silueta detrás de los cristales. Le ve en el Alarde la noche que bebió demasiada sangría. Tenía ganas de vomitar y cuando fue a levantarse de la mesa no pudo ponerse de pie, pero ahí estaba él para darle un vaso de agua, para ponerle un pañuelo fresco en la frente, para ayudarla a llegar a casa. Al día siguiente ni siquiera le dio las gracias porque entonces le gustaba otro chico que no le hacía caso.

Y daba igual, porque dos días después de nuevo estaba en la playa vigilándola desde la orilla mientras ella jugaba a salpicarse con sus hermanas o ayudaba a Tere a construir murallas almenadas contra el mar. Siempre a la misma distancia, sin querer molestar, sin acercarse. Ella fingía no enterarse y él no se atrevía. Era de Irún. Un chico larguirucho, el pelo muy corto, niqui azul marino y vaqueros viejos, rasgados, muy sueltos. Invisible, transparente. Le tenía lástima y a la vez le hacían gracia esos ojos oscuros y líquidos que la contemplaban como a una diosa.

Tampoco se ha olvidado de los últimos días. Septiembre avanzaba, las fiestas del pueblo habían terminado y estaba con la pandilla en la Hermandad de pescadores. Mesas largas, naipes y bocadillos de queso caliente. Mientras miraba las cartas de su amiga pensó que al día siguiente se iba, ya no podría bajar a la playa. Agosto había pasado deprisa y no le apetecía volver a Madrid. Iñaki estaba sentado, como siempre, en el extremo de la banca, en la otra punta de la mesa mirándola de reojo. Fue ella la que desvió la mirada que hizo que sus ojos se cruzaran. Él lo debió tomar como una invitación, porque inmediatamente se acercó y desplazó de la banca de madera a toda la fila de amigos para sentarse a su lado.

Tartamudeó y se puso rojo, pero dijo:

—El año que viene tendré una bici. Dice mi padre que si apruebo Preu me regala la que quiera. Podré llevarte en la barra.

Quizá por ese primer gesto de valor también se acuerda de que, al día siguiente, le vio escondido detrás de la tapia del jardín de su casa mientras sus padres cargaban las maletas para volver a la ciudad. En un segundo en que se quedó sola en la calle, él se acercó, le dio una bolsita de terciopelo negro y volvió a esconderse tras la tapia sin decir una palabra. Abrió la bolsa y se encontró con el pendiente que había perdido en la playa en los primeros días de ese verano.

Cuando abandonaron el pueblo recuerda que miró durante un rato su silueta menguante desde la ventana del coche de Papá y, por un segundo, pensó en el verano siguiente. Si seguía allí, si seguía mirándola de esa manera, si con el tiempo se convertía en un hombre... El signo de interrogación se quedó incompleto, sin cerrar. Cuando ese invierno Papá se marchó y empezaron las clases de francés, le dejaron de interesar los chicos.

Cómo será ahora, se pregunta mientras se prepara para salir.

Pero el teléfono vuelve a interrumpirla. Qué pesada.

—No seas así.

—Ya sabes lo pequeño que es mi apartamento.

—Jamás te he pedido un favor.

—No podré atenderle.

—Será sólo una semana. O menos. En cuanto encuentre casa, se marcha.

—Que vaya a un hotel.

—Allí le localizarían, le tienen vigilado. Por favor, Laura, no seas así.

Siempre le da pena Tere, ésa es su fuerza. Ese aire de misionera, de haber dado todo por los demás, esa cara de víctima, esa voz que pide sin dilaciones, sin paliativos. Como si se le debiera todo.

—Así no estarás sola. Por lo menos durante unos días te sentirás segura.

—Ya no tengo miedo y estoy acostumbrada a vivir sola.

Tere no es tonta, la conoce mejor que nadie y ha dado en el clavo. Sabe que el atraco la dejó tocada. Fue hace un mes y no ha vuelto a pisar el centro comercial. Ni siquiera ha ido a la comisaría cuando la han llamado para identificar al ladrón. Y su coche no ha aparecido. Ahora, si se hace tarde, pide a sus compañeros de oficina que la acompañen a coger un taxi. Y los fines de semana se queda en casa.

Lo decide de repente. Comprará un coche nuevo, irá a buscar a Iñaki al aeropuerto.

6

No tenía que haber aceptado.

Y ahora que se acerca el momento está nerviosa. Se lo encontrará en cada esquina de su casa. Y no se conocen de nada.

Pocos días después, él la ve de lejos en el aeropuerto y corre a su encuentro. Jamás le hubiera reconocido. Aunque sigue siendo flaco y alto y conserva ese pelo tan corto que se le hacía un remolino en la coronilla. Pero ahora es un tío con barba de pocos días y su mirada es otra. La mira, primero directo a los ojos, luego a los pechos. Enseguida la besa decidido y la abraza fuerte demorándose en el gesto, como si durante todos estos años la hubiese estado echando de menos.

—Sólo te faltan los calcetines blancos y la nariz despellejada —le dice en el abrazo—. Menos mal que conservas las pecas.

Laura había llegado con mucha antelación y como el avión se retrasó, empezó a inquietarse. Le odió porque le irrita esperar y tuvo que forzarse a hacer un complejo ejercicio mental para convencerse de que Iñaki no tenía la culpa de que el avión no hubiera aterrizado a tiempo. Ahora, su soltura la desconcierta y tiene que utilizar toda su experiencia de mujer de mundo para, sin devolverle esa mirada intensa, inspeccionar sus vaqueros, su barba a medio salir, su camisa azul de algodón y su bolsa grande de cuero. Finalmente, consigue decir con una voz neutra:

—¿Tienes equipaje?

—Siempre viajo así —contesta él mostrando el tamaño de su bolsa.

Añade que le basta con un par de camisas que lava en los hoteles y un cuaderno por si se le ocurre algo. También lleva un pequeño ordenador.

—Para jugar a póquer por las noches —aclara.

—De eso prefiero que no... —dice ella titubeando. Y luego más segura—: Esto es un favor que le hago a mi hermanita, pero es sólo por...

¿Qué me pasa?, se pregunta. ¿Por qué le pido disculpas?

Está insegura. No sabe si es por lo que ha cambiado su aspecto o por su confianza abrumadora. Quizá sólo sea por la inminencia de la invasión, por la certeza de que ese hombre al que no conoce de nada se va a quedar a dormir en su pequeño apartamento y va a tener que compartir con él su cuarto de baño.

—Por los viejos tiempos —le corta él.

—Por los viejos tiempos que nunca existieron —sonríe Laura por primera vez.

—Estás muy guapa— contesta él.

Ella ya se ha metido en el coche y hace como si no le hubiera oído, pero se alegra de que la hora que ha pasado en el cuarto de baño pintándose los ojos, su perfume, el maquillaje mágico, la blusa nueva de Jill Sander que le ha costado una fortuna estén dando resultado.

En el camino piensa en lo guapo que está, qué tiarrón. ¿Se atreverá a coquetear conmigo?, se pregunta.

¿Será capaz de ponerle los cuernos a Tere? Cómo son los tíos. Pobre Tere, para una vez que...

Nada más llegar al apartamento le llaman por teléfono y él murmura algo que ella no oye. ¿Será Tere?, se dice. Pero se ha metido en el cuarto de baño y Laura no consigue distinguir sus palabras.

—Tengo que salir un momento —dice poniéndose por el camino hacia la puerta la cazadora de cuero negra que se acaba de quitar—, enseguida vuelvo. ¿Cenarás aquí?

— Voy a acostarme pronto. Estoy cansada. Tienes llave, haz lo que quieras.

Le extraña que salga, ya es de noche y su bolsa de viaje todavía está junto a la puerta de entrada. ¿Tendrá amigos en Bruselas? Entonces, ¿por qué viene a mi casa? Qué maleducado, piensa decepcionada.

Laura, como cada noche, se mete en Internet a leer el periódico del día siguiente y a repasar su agenda de la semana. Hoy no entrará en las páginas de venta de objetos eróticos. Después de contestar algunos mensajes, cena. La bandeja de caoba y su ensalada miran con ella el televisor.

Al poco rato, Iñaki vuelve con una botella de vino blanco helado y unos quesos franceses. Al entrar tropieza y en el cuarto empieza a oler a humo, pero enseguida apaga el cigarro.

—Perdona. Tere me advirtió que odias a los fumadores.

Ella se levanta y entreabre la ventana. Ya está en bata. Suele ducharse también por la noche y ponerse unas gotas de perfume detrás de las orejas y en el camisón. Huele a Diorissimo.

Él abre las bolsas.

—Vi que la nevera estaba vacía. Sólo había endivias —dice excusándose.

Ya se está metiendo en lo que no le importa, piensa ella. No piensa contarle su dieta monográfica de endivias, ni la de cuscús, ni que le gusta desayunar Nescafé con agua helada.

—En Francia me acostumbré a cenar lechuga y quesos. ¿Te apetece que brindemos?

Qué dice de Francia y qué cambiado está. No lo asimilo, piensa Laura. Ahora querrá que le pregunte por su vida.

—Mejor mañana. Hoy prefiero descansar —contesta ella, y se vuelve a meter en el cuarto de baño para huir de la conversación.

—En esta casa huele a fiesta de la jet —dice él cuando Laura sale oliendo a un perfume tan intenso que le alcanza de lleno. —Qué exagerado.

—Las Méndez no dejáis de sorprenderme.

—¿Y tú qué sabes de las Méndez?

—Hice la licenciatura a los quince años, ahora estoy con el doctorado.

Mientras, ha abierto los quesos y una lata de *foie*, ha descorchado la botella y está tostando el pan que acaba de cortar en lonchas muy finas y grandes. En la bandeja que ella acababa de guardar también hay una lechuga aliñada, fresas y una jarra con nata líquida. Sí que aprende deprisa, piensa Laura.

—Los vascos no perdonamos la cena. Y este vinillo tiene una pinta… ¿Tienes hambre? —dice sentándose junto a ella en el sofá y poniéndole en la mano una copa de vino blanco.

Aunque ya se ha tomado su ensalada de endivias quiere ser amable.

—Como no te puedo invitar a un restaurante, por las noches compraré la cena.

Al irse a la cama, Laura vuelve a pensar en aquel verano en que le vio alejarse desde el coche que la llevaba a Madrid. Desde que Tere la llamó por teléfono la imagen de ese muchacho enclenque y ansioso la persigue. Le ve todavía detrás de la tapia del jardín mirándola asombrado y ahora la conmueve todavía más que aquel día.

Qué habría pasado si no hubiese existido el tío Luis. Quizá el año siguiente, en vez de ir a Tours, hubiera vuelto a Fuenterrabía. Tuvo claro que no quería un verano familiar, temía las visitas de su tío y prefirió irse a un colegio interna a disfrutar de los mosquitos y de los castillos del Loira todo el mes de agosto. Fue fácil convencer a su madre, necesitaba hablar francés, era necesario para su futuro, les dijo.

Esta noche, después de estar con él, piensa en esa niña llena de esperanzas, todavía ingenua, y llora en la cama.

Aquel otoño, las clases de francés con tío Luis se reanudaron hasta que Itziar se los encontró. Días después, él se fue de viaje. Pero ya era tarde, esos paseos habían cauterizado sus terminaciones nerviosas, borrado su capacidad de sentir. Cada parte de su cuerpo, los pechos, la boca, los muslos se quedaron anestesiados para siempre.

Una vida después, le gusta sentir el peso, el calor, el olor de la piel de los hombres, necesita que la penetren pero nunca consigue disfrutar. Como si la hubieran castrado.

Aunque durante mucho tiempo quiso verle muerto, no fue a su entierro. Tuvo ganas de presentarse en el funeral y escupirle en los ojos, reírse de aquel traje de franela gris, de oscura e impecable raya diplomática, vomitar sobre la corona bordada en su camisa de seda blanca hecha a medida por el mejor sastre de Madrid, quitarle el sello de oro del dedo meñique. Aquel día se lo hincó en la frente como si quisiera marcarla como al ganado de la finca de sus abuelos. Se hubiese alegrado al ver que ya no olía a aquella colonia de lavanda inglesa, sino a muerto. Y luego le habría empujado al hoyo. Habría atado una bola de plomo en sus tobillos y echado piedras sobre su tumba para que no pudiera regresar nunca más.

No habría podido disimular, se hubiera traicionado.

Prefirió quedarse en Bruselas y decir que tenía trabajo.

Esa tarde, mientras lo enterraban en Madrid, en el panteón de la familia Méndez de la Sacramental de San Justo, ella se fue a pasear a un bosque de las afueras de Bruselas a gritar al viento su dolor y su alivio. Ahora podría volver a España tranquila, sin miedo a encontrárselo en la calle, sin temor de verle llegar a Altamirano a visitar a Mamá, sin la zozobra de sentirse seguida por sus canas blancas, masticada por sus dientes crueles.

Pero le hubiera gustado ver su cuerpo destruido, eso se lo perdió.

7

Lleva cuatro días con él y parecen cuatro años. Hoy, cuando Laura llega de la calle son las siete y media, por fin se ha atrevido a volver al supermercado. Iñaki está en el sofá y lee el periódico con las piernas en alto, pero, en cuanto la ve, se incorpora y la ayuda con las bolsas. Ha dejado una colilla en un plato pequeño de porcelana que hay sobre la mesa.

—¿Es esto lo que comes? —le pregunta mientras guardan los congelados y las latas en la cocina.

—Nunca almuerzo en casa —dice ella mientras lava el plato y tira la colilla a la basura.

La mesa ya está puesta y algo que huele a laurel y tomillo hierve en la cocina. Le molesta tener que dar explicaciones. Es mi vida, ya está, se dice, para qué le contesto.

Abre la nevera y ve que él ha comprado leche, mantequilla y cerezas y que hay un vino rosado enfriándose hace rato.

Entonces suena el móvil e Iñaki, igual que la otra vez, se mete en el cuarto de baño. Laura no le comenta nada y tampoco consigue oír lo que dice, aunque la rendija de la puerta deja escapar alguna palabra en euskera. Él dice, como de pasada, que tiene un problema con su familia, un tema pendiente, algo que ver con la herencia de su padre.

—A ver si *amatxo* pone orden. Sólo dos hermanos y no nos ponemos de acuerdo.

La segunda noche se habían quedado charlando hasta muy tarde y luego se durmieron en el sofá delante de la tele. Cuando Laura despertó se dio cuenta de que su cabeza descansaba sobre el hombro de Iñaki y que tenía su mano cogida. Así que, sin despertarle, se soltó, se fue a la cama y pensó en cómo sería vivir con un hombre sin necesidad de tener un orgasmo, sin tener que comprobar de nuevo que seguía siendo frígida. A la mañana siguiente le oyó salir muy temprano y no le vio en todo el día. A las nueve llamó diciendo que llegaría tarde y cuando le oyó entrar, aunque ella encendió la luz, él no pasó por su cuarto.

Hoy por la mañana, desde la ducha, oyó ruido de cacharros en la cocina y le hizo ilusión pensar que estaba haciendo el desayuno. Celebró la mesa repleta, los fuegos encendidos. Había queso, fruta, cereales, mermelada, mantequilla, tostadas, huevos revueltos y dos tazas de café humeante.

Llegaría tarde a la oficina, aunque le daba igual. Sería la primera vez… pero le apetecía pasar ese rato con él. Quizá por eso no le preguntó por esas veinticuatro horas de ausencia ni le contó que había entrado en su dormitorio y había visto su bolsa de cuero todavía cerrada con llave.

—¿Hoy vienes a cenar? Compro algo, no te preocupes —había dicho él mientras ella terminaba un cuenco enorme de trozos de piña y fresón.

Cuando un rato después Laura salió hacia la oficina, Iñaki la despidió con un beso ligero en los labios y un «hasta luego, guapa» como un marido y como si no hubiese ninguna duda de que esa noche estarían juntos.

Por la mañana tecleaba un informe en el ordenador y no lograba concentrarse. Cenarían juntos, iría al supermercado. Ya por la tarde empezó a preguntarse qué harían cuando acabasen de cenar.

Le gustaría volver a la escena anterior y sentir otra vez esa ternura al meterse en la cama sola después de desenredarse de su abrazo. Congelar ese momento y repetirlo durante muchos días hasta que se produjese esa costumbre sin final, esa intimidad que adivina.

Pero es el novio de Tere, el amigo de Itziar. Qué hace pensando tanto en ese hombre que va a estar sólo unos días en su casa. En realidad Tere no le habló de un novio, sólo le dijo que salía con él.

—Es ese amigo de Itziar que te conté. Necesita ayuda —le había dicho—. Pero no le digas nada a ella, puede ser peligroso.

Iñaki la ha despedido por la mañana con la intimidad de las parejas de toda la vida. Tiene que esforzarse para recordar que es un desconocido. Le da la impresión de que la ve por dentro, que puede adivinar lo que siente. Como si después de ese verano de la niñez nunca se hubieran separado. ¿Sabrá ya que desea en secreto tener un hombre al lado?

Al llegar a casa se ha duchado de nuevo y se ha puesto una falda negra muy estrecha y una blusa de seda. Detrás de las orejas y en los pliegues de los brazos y las piernas dos gotas de Diorissimo. Perfumarse le hace sentirse segura.

En el resto de la casa otra vez huele a especias. ¿Qué está cocinando Iñaki? Esa cocina donde, cada noche, ella echa agua hirviendo sobre una sopa instantánea o unta una tostada con queso para comerla delante de la tele, es de pronto la casa de una familia numerosa. Hay ahora una sartén con la bechamel recién hecha y dos cazuelas sobre el fuego que huelen a salsa de curry. El horno despide un calor que se extiende al resto del apartamento. Se acuerda de cuando Papá, en el norte, se iba temprano los sábados a hacer la compra y preparaba un marmitako o unos solomillos sobre las brasas. Y, mientras vuelve a esos días, se apoya en el mostrador que separa la cocina del salón y se queda inclinada dejando ver, a través de su camisa abierta, el principio de los pechos. La mirada de Iñaki se escurre sin querer por esos recovecos mientras sus piernas y sus brazos se mueven con decisión por el pequeño rectángulo de la cocina.

—Qué bien hueles —le dice de espaldas mientras embadurna de mantequilla una fuente de borde alto de cristal resistente al horno. A su lado hay una copa de vino blanco recién sacada de la nevera.

Le acerca otra copa y, sin darle tiempo a beber, la besa en los labios.

Ella se sorprende y, como un reflejo, aleja la cara. Recuerda que Papá la llamaba su gata arisca. Decía que era una de esas mascotas, tan elegantes, que jamás se dejan acariciar.

—Estaba cansada. ¿Vas a hacer un *soufflé?*

—Relájate, que pareces de cristal pero eres de Pyrex —dice él de nuevo de espaldas mostrándole el molde.

—Es que… —alcanza a decir ella, y se bebe toda la copa de golpe.

No quiere confesarle que esta convivencia la altera, no está acostumbrada a tener hombres en su cocina.

—Las tías de derechas estáis buenísimas —dice él riéndose mientras le da un toque en la nariz con la cuchara de madera con la que ha mezclado el camembert con la bechamel y las yemas.

—¿Y cómo sabes que soy de derechas? —dice relajándose y llenando otra vez las copas heladas.

—Por cómo te brilla el pelo. Apestas a perfume francés y tus vaqueros son de Armani.

—Y qué. Vivo sola, gano pelas. Tengo tiempo para cuidarme.

Que no le ponga la etiqueta tan pronto. Su aspecto no tiene nada que ver con la política.

—Las tías con las que trato van con pelo a cepillo, pantalones de pana y camisas de hombros anchos. Mi *amatxu* de joven no era así —mientras lo dice, bate las claras con fuerza.

—Machista de izquierdas, pero machista al fin —dice ella con una sonrisa. Está contenta por el olor que hay en la cocina. El vino empieza a sentarle bien y le apetece tomarle el pelo.

—Siempre las imagino cortando leña —contesta él.

—¿Y entonces…?

—Es mi contradicción. Soy de izquierdas pero sólo me gustan las pijas.

—¿Y yo soy pija? —pregunta Laura riéndose acalorada mientras se abre otro botón del escote de la blusa.

Luego entra en la cocina y se agacha para coger los platos y los cubiertos que hay en las baldas bajas.

—No hay más que verte —dice él mientras ve que, al inclinarse, la falda ha trepado por los muslos desnudos y ahora se le ven casi enteros. El culo se le marca debajo la tela—. Pero no tengas tanta prisa, vas a romper los platos.

—Qué sabrás.

—¿Por qué te cabreas? —Iñaki pellizca su mejilla y le mancha la cara de harina. Por fin ella se acerca y le devuelve el beso.

—Tu *amatxo* te enseñó bien. Cómo huele este guiso.

—Meto el *soufflé* y nos sentamos.

8

La mesa donde comen es pequeña; el vino, ahora un tinto de Borgoña, se mezcla en el paladar de Laura con el sabor suave del camembert y la bechamel y su codo se tropieza en la esquina con el de Iñaki. Está excitada.

Él habla de política y ella discute sin implicarse. Sabe que en ese camino no se encontrarán y no quiere desperdiciar la noche. Están solos, qué importa que piense que es una niña bien. Si una vez le gustó, confía en que esta noche el pasado resucite.

Pero ahora él habla de sus hermanas.

—En casa de los pijos no comemos así —había dicho Laura mientras ponía los cubiertos rectos y los platos centrados moviéndolos varias veces hasta que consiguió que estuviesen equidistantes.

—Porque no queréis.

—Y mis hermanas, ¿también son…?

—Itziar es de izquierda blanda.

En el principio fue Itziar. Itziar, siempre Itziar, piensa Laura. Como si todavía metiera las manos en su cuna, la cuchara en su plato. Temblaba de pequeña cada vez que se acercaba, su madre se lo contó hace poco. Y también lo de sus arañazos, y ese intento de cortarle las uñas que acabó en el hospital.

—Tere no se entera, pero las tres sois niñas bien, no hay más que veros, eso no lo podéis negar.

Se muere de ganas de preguntarle qué tiene con ellas. Cómo volvió del pasado.

Pero en cambio dice:

—Itziar no se priva de nada, ni de ser de izquierdas. De pequeña era la más mona, la más redondita. Las fotos de Papá lo atestiguan. Yo era escuálida, enfermiza. Darme de comer era una tortura. Entonces llegó Tere. Cuando Mamá supo que estaba de nuevo embarazada, rezó por tener un niño que fuera gordo, que comiera bien. Y a Tere la cebó desde pequeña. Luego la odió por estar gorda.

Pobre Tere, piensa Laura mientras se lo cuenta a Iñaki.

—Tú eres la que lo tiene más claro. Déjame adivinar: derecha liberal europea. ¿Me equivoco? —dice él mientras se aproxima para servirle otra cucharada de *soufflé* y le pone un segundo la mano izquierda sobre el muslo.

—En España no voto a la derecha —contesta, pero piensa en esa mano en su muslo.

Luego vuelve a pensar en Itziar: Siempre detrás de mí poniéndome zancadillas, quitándome los juguetes, todos eran suyos. Robándome las mejores notas de la familia y los novios más guapos. ¿Me quitará éste?

—Vamos, que no eres facha —dice Iñaki

—¿Y tú?

—Estoy fuera, no juego a eso —contesta mientras se pone de espaldas, abre el horno y saca el *soufflé*—: Hemos tenido suerte, está en su punto —añade, iniciando un brindis.

—¿Sólo juegas al póquer?

—Digamos que me gusta jugar fuerte.

Ahora le ha vuelto a dar la espalda para servir la carne, y aunque ella ya no tiene hambre aprovecha el movimiento para ajustarse el escote. Está tan excitada que sólo piensa en terminar cuanto antes esa conversación. El vino ha puesto color en sus mejillas y en el principio de su cuello. Nota el sudor en la frente y suspira mientras se abanica con la mano. Se le va a estropear el maquillaje. Él la rodea para recoger el plato usado, pero, en vez de hacerlo, le sube la melena por detrás y sopla, luego le da un beso en la nuca. Ella le devuelve el beso levantándose y pegándose al cuerpo de él.

9

—Cierra los ojos —le dice mientras la empuja otra vez a la silla—, te noto cansada, tensa.

Laura no le ha contado que no puede gozar y que el sexo les separará para siempre.

Entonces él se pone detrás de su respaldo y, con dulzura, le coge la cabeza con ambas manos y le masajea el cuero cabelludo. Los dedos de él en las raíces de su pelo, esa suavidad, hace que sus nervios se aflojen, que su infancia regrese y que, como un rayo de luz, ilumine su cara.

Vuelve a la casa grande de Fuenterrabía, a la bañera antigua con patas donde, las tres hermanas juntas y desnudas, se metían después de la playa, donde se enjabonaban una a la otra lavándose la cabeza y jugando con el agua mientras sus padres las dejaban solas. Ese primer placer que fue antes del tío Luis, antes del sexo sin alma con los hombres que siguieron. El agua caliente después del mar salado y frío del norte, la espuma, la sensación de ser peces protegidos. Sus hermanas eran su juego, su fuerza, su escudo contra el mundo. Ese placer se repite ahora con este hombre que también llegó antes que el tío Luis y la lleva a esa época donde gozar del cuerpo era una delicia sin límites, un territorio sin miedos. Pero mejor no pensar. Recuperar esa laxitud que le da el masaje de Iñaki, que ahora se traslada desde la cabeza a sus pechos.

—Qué calor hace aquí —dice, y piensa que quiere abrazarle, estar desnuda con él. Pero no hace falta decírselo porque él ya ha apagado el fuego de la cocina y ha tapado la olla sin tocar la carne.

Cuando ya están en la cama él mete un trozo de hielo por su escote y juega a buscarlo entre sus pechos. Así le quita la blusa, el sostén y la empuja en el juego a buscar el trozo helado. Se encuentran en la alfombra, se abrazan y se dan vueltas sobre el suelo apretándose mucho. Y se ríen. Ella tiene quince años y ve a ese niño que la miraba tanto. Ahora está sobre ella y trabaja en el borde de sus ingles. Por qué no le busqué, se pregunta. Por qué no le tuve antes.

—Laura —murmura él—. Mi Laura, por fin.

Ella cierra los ojos y deja que la coja en brazos y la levante del suelo en la semipenumbra de la habitación.

—Qué poco pesas —le dice al oído y la deposita en el colchón de su cama. Su pene crece y es un barco que atraviesa el canal de sus pechos. Vuelve a darle un masaje, pero esta vez es en el pubis, escarbándole entre los pelos claros, lamiendo su piel blanca, tocándole con todos los dedos como si afinase un piano. Y enseguida, despacio, muy despacio, esos dedos se van acercando a su clítoris, que empieza a humedecerse al ritmo que las manos delicadas de Iñaki le marcan. Cuando por fin la penetra siente que ese juego es suyo y de los dos. Que también ella está ahí cuando gimen, suspiran y se mueven al unísono. Hay algo inédito en esa sensación que la atraviesa con la profundidad de una barra de hielo que la toca en lo hondo, que la quema y que, cuando el placer se acaba, le hace seguir sintiendo el gozo de la humedad de su piel, del cansancio de ambos.

Se queda pegada a él, abrazándole como un salvavidas. Que no se aleje de su cama, que no se vaya nunca de su casa. Por fin.

Al día siguiente sabe que todo será mucho más fácil. Ha estado todo el día esperando ese momento del amor y ese tiempo de después del amor en que su mano se pose en su muslo, en su espalda, en su cintura. Y una vez más espera dormir a su lado. Quiere volver a amanecer con él.

Mientras cenan, llama Tere y cuelga enseguida, pero el número se queda grabado en su teléfono. No sabe si es que la quiere controlar, como si adivinara, o que Laura la llame.

Tere es así, tacaña. Administra la pensión de Mamá y su futura herencia con tanta mesura y cuidado que a veces le cabrea. Como si todo lo que ahorra fuera a quedárselo ella. Por eso, siempre que llama, cuelga para que Laura le devuelva la llamada. Pero ahora no le apetece que les interrumpa. Ya verá mañana.

Tere vuelve a llamar cuando se han dado el primer beso. Qué manera de cortarle el rollo. Ahora no tiene más remedio que contestar, no vaya a ser que a Mamá le haya pasado algo.

Pero no es eso, Mamá ha vuelto del hospital y se ha puesto furiosa con los cambios en la decoración. No se te puede dejar sola, le ha dicho a Tere, y ha vuelto a tratarla como si tuviera cinco años. Y es verdad que Tere no madura. O es roñosa o se gasta el dinero sin tino. Laura se pregunta qué necesidad había de pintar la casa si a Mamá le gustaba así.

Además le ha dicho que no encuentra el broche de Cartier, cree que alguien se lo ha robado. Sentiría esa pérdida, piensa Laura. Era la única herencia de Mamá con la que me gustaría quedarme. Tere se lo ponía a veces, ¿será ella la que lo ha extraviado?

Cuando consigue colgar y empiezan a servirse la carne que olvidaron comer la noche anterior, el teléfono suena de nuevo.

—Esta vez no lo cojo —dice Laura, hasta que ve en la pantalla que es su madre.

—¿Tú cogiste la joya? No encuentro el Cartier —le pregunta sin saludarla.

—¿Seguro que lo has buscado bien? ¿No estará prendido en alguna chaqueta? —contesta Laura impaciente mientras le hace un gesto a Iñaki para que empiece a comer—. Te dejo, estoy cenando.

—Esta tonta de Tere dice que no ha tocado nada. Y la casa patas arriba. Por aquí han pasado pintores, tapiceros… a saber. Y ella no ha tocado ni ha limpiado nada.

—Me ha dicho que la ha pintado de blanco.

—No se puede respirar. Huele a pintura y la colombiana no da abasto. Las tres cubiertas de polvo, como un miércoles de ceniza. Voy a ir a la policía.

—También Tere lo usaba de vez en cuando.

En ese momento, la voz de Teresa las interrumpe:

—Laura, tranquilízala. Dice que va a interrogar al portero. A este paso también indagará en la casa de al lado.

Desde el otro teléfono su madre interrumpe:

—Tere, cuelga ahí, estaba hablando yo.

Cuando por fin ambas cuelgan, Iñaki le dice:

—¿Una pantera de diamantes con ojos de rubí? La última vez que vi a Tere llevaba esa joya.

Le cuenta que fueron a cenar, y que, para despedirle, le llevó a un restaurante de lujo, que no le dejó invitarla.

—Acepté porque creí que en un lugar caro estaríamos a salvo de mis acreedores.

—Qué insensata.

—Y llevaba un broche antiguo —añade—. Todo lo que tenía puesto era de tu madre. Iba con un traje rojo de los años sesenta que le quedaba muy apretado y unos zapatos altos de tacón que le hacían daño. Cuando volvimos a vuestra casa lo echó de menos. Se le debió de caer.

—Tere es gilipollas. Es lo único de valor que tenemos en casa. Un resto de las grandezas marchitas de la familia de Papá. Vale más que el piso de Altamirano. Se lo ha puesto varias veces delante de nosotras. Lo hace como un desafío, pero nunca creí que llegara tan lejos.

—Se nota que es bueno. Le pregunté en cuanto lo vi. «Se lo he cogido del cajón», me dijo. «Si se lo pido no me lo va a dejar», insistió.

—Mamá también es una pesada. Seguro que la culpa es de ella —contesta harta.

Le molesta la sencillez con la que Iñaki exhibe su relación con Tere, ni siquiera se da cuenta de que eso deshace el encanto de una noche que se ha roto ya con esas llamadas, relámpagos en un cielo que, hasta ese momento, parecía tranquilo.

¿Por qué tuvo Tere que sacar el broche? Es lo único valioso que les queda, la única herencia de la familia además del piso. Le ha dicho mil veces a Mamá que hay que pedir una caja fuerte en el banco. Una joya así no es para pasearla por las noches de Madrid.

Teme el timbre del teléfono. Cada vez que se menciona el broche, Laura sabe que la punta del alfiler de esa joya va a pinchar los globos de colores de una fiesta que, antes de las explosiones, era otra noche de promesas. Así que, mientras los globos se apagan, una sombra de sospecha oscurece el cuerpo de Iñaki. Esa silueta alta recoge los platos de la cena y los mete en el lavavajillas y más tarde vuelve al sofá y retira los vasos. Ahora le está sirviendo una infusión caliente cuyo aroma diluye esa sospecha, esa amenaza. No pudo ser él, piensa, si hubiera sido no me habría hablado del broche ni de cómo Teresa lo perdió. Intuye que no se quedará mucho tiempo, pero ya no le apetece acariciarle.

10

—Iñaki dice que lo usaste para ir a cenar. ¿Cómo te atreves?

Al día siguiente Laura llama a Tere desde la oficina. Son las ocho en punto y está indignada.

—Era una noche especial. Estoy saliendo para el trabajo.

—¿Se lo has dicho a Mamá?

—No, está furiosa por lo de la pintura y los sofás, no me he atrevido. Cree que lo ha robado él.

—¿Cómo?

—Sí, estuvo interrogando al portero y sabe que Iñaki pasó una noche aquí —contesta Tere—. Y también yo sospecho.

—Pero ¿qué dices?

—Como tiene esas deudas...

—Y, ¿cómo se te ha ocurrido meter en mi casa a un ladrón?

—Entonces no sabía lo del broche.

—Habrá que hacer algo.

—Me tengo que ir, llego tarde. Mamá dice que esta mañana va a llamar a la policía para que recojan las huellas. Me ha quitado la cámara con las fotos de Iñaki.

—No puede ser Iñaki.

—Cuando Mamá vio las fotos, dijo que seguro que se aprovechó de mí. Que es imposible que yo le gustase a un tío tan guapo.

—¿Cómo?

—Todo se explica, dijo. Ese tipo quería tu dinero, tu piso, tu apellido, tu joya. Ya lo decía yo. Me lo dijo así la muy cabrona. Y ahora me pregunta a cada rato que dónde está. Que seguro que es un ladrón conocido, que en qué antro le busqué. No le he dicho que es el mismo Iñaki de Fuenterrabía.

—Pero aunque fuera de la pandilla no le conocemos de nada —contesta Laura dándose cuenta de que a lo mejor tiene un delincuente en casa. De dónde lo sacó Itziar. Cómo lo recuperó. Quién se lo trajo del pasado.

Hoy rompe la rutina y vuelve a casa temprano. Quiere estar tranquila y sola. Tiene que decidir si va a hablar con Iñaki. Duda porque sabe que su sospecha será una tinta negra que lo manchará todo y romperá sus ilusiones.

Iñaki es inocente. Si no lo fuera, no habría hablado con tanta claridad de la última noche con Tere.

Estoy segura que puedo confiar en él, se dice mientras se sube a una banqueta y revisa la balda más alta de la librería del salón donde tiene guardados todos sus ahorros. De pronto siente pánico de que hayan desaparecido y trata de rememorar en cuántas ocasiones Iñaki ha estado solo en el apartamento. Tiene que darse prisa, no sabe a qué hora aparecerá porque siempre llega a casa antes que ella.

Poniéndose en puntillas intenta alcanzar el volumen de *El hombre sin atributos*. La banqueta se balancea unos segundos y se tiene que agarrar a la balda, ahora es la librería la que se inclina hacia ella. Por fin consigue cogerlo.

Entonces suena el teléfono y el susto le hace dar un traspié. Al caer se hace daño en la rodilla.

—¿Es verdad que Iñaki está contigo? —pregunta Itziar sin saludarla.

—Tere me pidió el favor, será sólo unos días —dice Laura respirando muy fuerte pero sin hablar del golpe que acaba de darse. Al mismo tiempo espera que esos días no se acaben nunca.

—Hace unos meses me lo encontré en el cine y ahora resulta que Tere ha estado saliendo con él y que vive en tu casa. Ten cuidado.

—¿Por qué?

—Es un tío especial. Oculta algo.

—Yo le veo muy normal —contesta Laura tocándose la rodilla que ahora empieza a dolerle.

—Tere es una insensata, cómo no me lo contó antes.

—Ni idea.

—Me tenéis harta —dice Itziar, y cuelga.

También Laura está harta de las llamadas de Madrid.

Entre las páginas del libro están todos los billetes de quinientos euros que guarda en casa por si hubiera una emergencia, los cuenta deprisa y los vuelve a meter entre las páginas del libro.

Empieza a tenerlo claro, no dejará que eso destroce lo que siente. Su familia siempre acaba jodiéndola. Es como si su hermana, sus dos hermanas, su madre y todos los recuerdos de Madrid que incluyen al tío Luis, a Papá y la casa de suelos barnizados, la persiguiesen. Es el mundo del que huyó el que no le deja vivir a gusto la ternura de las noches, el sexo sin miedo del abrazo de Iñaki.

La nueva experiencia de gozar con un hombre sobrepasa todas esas peleas. Quiere disfrutarla mientras dure. Se cambia de ropa y se perfuma. Esta noche cocinará ella. Cuando Iñaki llegue, se convertirá en su geisha.

Más tarde, cuando el amanecer les alcance, se dará cuenta de que el sol cae vertical sobre el balcón y ha dormido como una niña, como cuando todavía no existían las clases de francés ni la saliva viscosa y caliente de tío Luis. Y comprobará que Iñaki sigue junto a ella y que han dormido abrazados como si fueran parte de un único reloj cuyos latidos ahora se aceleran.

Esa noche él entró en su cama como si fuera también la suya, casi sin levantar las sábanas, y se hizo sábanas y calor a su lado. Pudieron olvidar las llamadas de teléfono para entretenerse en coser los hilos que su infancia había roto. Para ella fue una noche única porque por fin era un tiempo que quería hacerse cotidiano, infinito. Una noche más, qué descubrimiento. Y la hazaña se repitió, no sólo por el placer sino porque quiso retenerlo. No tuvo ganas de echarle a patadas de su cama.

Y ahora, cuando la habitación es una plaza de pueblo llena de cornetas, de tambores y de luz, ese reloj vuelve a mecerse como si se hubieran caído juntos en el mar, igual que anoche. Otra vez se balancean hasta que los dos, exhaustos, vuelven a dormirse porque Laura se ha dado cuenta de que es domingo y no tiene que salir corriendo a ninguna reunión sobre la pandemia de gripe ni sobre los mataderos de carne infectada. Ahora toda la carne forma parte de la fiesta de luces y trompetas que suenan en su cabeza. Iñaki se despereza, tiene la barba crecida y ella por fin conoce lo que es amanecer cada día con el mismo hombre. Un desconocido que viene de lejos, del territorio mágico y luminoso de su niñez y que tiene la barba espesa de la noche que aún se agita dentro de ella. Y con ese reloj y esa barba, en ese sol de la plaza que es su cuarto, su colchón ya no se levanta impertinente por un costado sino que se ahueca para que ellos puedan navegar hasta el mediodía.

Sonríe y se da la vuelta para que él pueda saborear la tersura de su espalda. Él recorre con un dedo su columna, cada una de sus vértebras y ella se hace flexible, transparente mientras de nuevo se vuelve hacia él. Quiere rozarle con su cuerpo, tocarle apenas con sus pezones, con el pelo suave y pelirrojo de su pubis, con su vientre liso de mujer delgada que siente más redondo desde que él lo acaricia. Sube sin prisa hasta el pecho y baja hasta la cintura y los muslos, porque sabe que puede ir despacio, provocarle, el tiempo es infinito.

Están en Bruselas y el cielo ha empezado a nublarse, pero, después del amor, se tumba, mira al techo y se da cuenta de que sigue en esa plaza de pueblo. Hay una orquesta que toca, y los viejos mueven al mismo ritmo sus alpargatas contra la arena caliente. Dos niñas bailan abrazadas, reconoce a Itziar y a Tere. También Mamá baila con Papá y hay un chico con el pelo muy corto que la mira desde lejos y luego se acerca y la invita a bailar con él y la abraza y la pisa pero le da igual porque todavía no tiene miedo de los hombres. Por eso también ella le coge muy fuerte por el hombro y guía a ese niño hasta que sus pasos acoplados se vuelven seguros, se hacen sueltos. Entonces se despierta y la cara de ese niño tímido, convertida en adulta, está a su lado y ahora la puede ver de cerca. Sus cejas negras, su barba más oscura que nunca y el abandono infantil con el que duerme le hacen olvidar sus sospechas y reconciliarse con esa mañana nublada de Bruselas. Dentro de su habitación sigue la fiesta.

Al día siguiente Tere llama a Laura muy temprano.

—La policía ha venido a casa.

—¿Y eso?

—Por lo del broche.

—¿Cómo?

—Han estado tomando huellas. Mamá volvió a hablar con el portero.

—Pero ¿qué ha pasado?

—Me quitó la máquina de fotos. Vieron la cara de Iñaki.

—¿Y qué?

—¿Sigue Iñaki ahí? Ten cuidado. Dicen que no es…

—Te llamo luego.

Tiene a Iñaki a su lado en la cama. Parece que duerme, pero no está cómoda ni quiere que Teresa le oiga roncar a su lado.

Cuando llega a la oficina, Laura y Tere vuelven a hablar.

—¿Qué es lo que ha dicho la policía?

—Nada, nada. Si a lo mejor el broche lo perdí yo, pero dicen que la cara de Iñaki, la foto que nos tomamos en el restaurante, aun con gafas oscuras…

—A ver si te aclaras, no te entiendo.

—Que tuviéramos cuidado, que se parecía a alguien.

—¿A quién?, ¿no será otra historia de las tuyas?

—No, créeme, Laura.

—¿No será como la fantasía con tu jefe?

—No creo que pase nada, pero ten cuidado.

Laura pasa la mañana impaciente y, mientras regresa a casa, vuelve a pensar que Tere es una pesada, que tiene mucha imaginación, que desde hace años inventa romances con su jefe, con tíos que se encuentra por la calle, con Iñaki... A lo mejor es sólo un ataque de celos. Quizá sospecha, imagina lo que se está cocinando en este pequeño apartamento de Bruselas. Fue ella la que me lo tiró a los brazos, puede que ahora, tan tarde, se haya dado cuenta de su error.

—Voy a salir —dice él cuando ella entra por la puerta—. Vendré tarde.

—Pero ¿no ibas a hacer la cena?

—Es urgente. Lo siento, mañana te preparo el desayuno. Y te voy a sorprender.

—Pero...

—He comprado queso y vino. Y queda un poco de quiche y de fruta en la nevera.

Iñaki entra en el cuarto de baño y hace una llamada.

Laura piensa que es normal, tiene que creer en él, respetar su vida privada, pero, en el momento en que sale por la puerta, se pone el sombrero de lluvia y oculta dentro de él todo su pelo, se pone las gafas de sol y una gabardina verde de solapas anchas que Iñaki no conoce. Todo lo hace rápido, con decisión, como si estuviera en las oficinas de la Comisión Europea. Baja deprisa por las escaleras y cuando llega al portal le ve desde lejos doblando la esquina. Iñaki camina a grandes zancadas, le cuesta seguirle sin que la vea. Se ha puesto unas gafas negras enormes que sólo usa en verano y está anocheciendo. Dentro de un rato se las tendrá que quitar y renunciar a perseguirle. Ahora se da cuenta de que se dirige al centro, juraría que a la Grande Place, su casa está a unas pocas manzanas del centro histórico. De pronto Iñaki se detiene y se da la vuelta, la mira pero no la reconoce y ella sigue andando más despacio para ganar la esquina. Él coge el móvil, esa llamada la salva.

Alarga la distancia. Si la viese, toda su historia de amor se acabaría, no puede arriesgarse. Además vuelve a recordarse a sí misma que confía en él, que Tere y su madre no van a joderle la vida. Qué importa si la policía le encuentra parecido a alguien, la poli ve a un barbudo y, sólo por eso, lo pone bajo sospecha.

Le ve entrar en un edificio grande al lado de la plaza. Es el Hotel Amigo. ¿Qué hace Iñaki en un hotel de lujo? Desde fuera le ve pasar por recepción, llamar desde allí por teléfono y entrar en el ascensor. Espera un rato en la calle, pero empieza a llover.

¿Qué hago aquí?, se pregunta y, mientras vuelve a casa, siente vergüenza y cólera.

A la mañana siguiente Iñaki ha traído un brioche de la *patisserie* de al lado, y cuando ella entra en la cocina está preparándole un huevo revuelto.

—¿Qué tal anoche? —pregunta ella contraviniendo todas sus reglas y arrepintiéndose en ese mismo momento.

—Muy bien, un amigo pasó por Bruselas y me acerqué a verle al hotel.

—¿Un amigo?

—Un viejo compañero del partido. Se ha enterado de que estoy pasando apuros y me va a ayudar.

—¿Cómo?

—Ya veremos, por lo menos tuvo el detalle de llamarme.

Laura está contenta y come más de lo habitual, pero es tarde, tiene que irse. De pronto se da cuenta de que se ha dejado en el baño su pequeño Cartier y su primer impulso es ir a buscarlo. Enseguida se detiene y piensa que ya se lavará los dientes en la oficina. A ver si su reloj sigue allí cuando vuelva.

11

La han avisado de madrugada y ha cogido el primer avión a Madrid, así que se ha duchado y aún ha tenido tiempo de desayunar en casa.

Aunque ha podido hacer todos los gestos que repite cada mañana, cuando se pone el cinturón de seguridad tiene la sensación de que no está despierta del todo. Ese malestar es como unas legañas, como un peso muerto en los ojos. La llamada de Tere, el susto, el grito, el vuelco al corazón la han dejado exhausta. La azafata le sonríe y le desea un buen día mientras le sirve otro café solo. Al mismo tiempo bromea con su compañero sobre lo que ha engordado con los chocolates que compró en Bruselas. La ve coquetear marcando sus caderas con la mano y guiñándole el ojo mientras los dos empujan el carro de los desayunos. Mamá ha muerto y en el avión nadie lo sabe. Nadie comparte su malestar.

Durante el viaje cierra los ojos y trata de recordarla en la prehistoria, cuando sus ojos brillaban, aquel tiempo en que sonreía a Papá y se cogían de la mano a cada rato.

Está en el norte y Mamá toma el sol en una tumbona de mimbre.

Y sonríe. Pero la imagen de sus brazos morenos, de su blusa blanca sin mangas le traen los manzanos del jardín que daban sombra en las tardes de verano. Eso la lleva al estanque, a sus hermanas. Vuelve esa primera escena, esa metáfora. Ahí empieza su historia. O tal vez es la película lo que recuerda. Qué más da.

Una de aquellas películas de Super 8 que hacía su padre y que aún seguirá guardada ahí, en los altillos de los armarios de la casa de Mamá, ahora que Mamá ya no está.

Es en ese jardín grande, descuidado, junto al estanque de peces rojos y hojas podridas. De pequeña le gustaba mirar esos peces, echarles migas y hablarles. Eran pelirrojos como ella.

Junto al agua verde hay dos niñas con trajes de viyela de florecitas azules que juegan al sol.

La mayor se balancea al ritmo de un hula hoop amarillo. Itziar tiene diez años, es rubia y sonríe. Mientras la cámara la enfoca, se balancea. El ritmo mantiene el aro en su cintura. Su movimiento firme y repetido, como el de un columpio, es la imagen de la seguridad. Parece convencida, contenta.

Por la espalda se aproxima la pequeña. Tere es gorda y rubia. Parece que la va a abrazar, la cámara muestra el brazo extendido hacia su hermana, luego llora. Su cara está hinchada y roja. No le importa mostrarse así ante la cámara; su rostro, que se deforma con el llanto, llena durante unos segundos todo el primer plano. Quiere el hula hoop con desesperación, es como si se lo hubieran quitado. Se abalanza sobre la mayor que la esquiva y se cae sobre el césped, pero vuelve a levantarse y consigue robárselo. La mayor es más fuerte y lo recupera. Vuelve balancearse contenta mirando de nuevo a la cámara y recupera el ritmo en el que el hula hoop logra sostenerse. La pequeña grita, tira de él y estropea la escena. La mayor amaga una torta, pero al final cede mientras la pequeña corre con el aro en la mano. Sí, lo recuerda así.

En el último momento aparece la sombra de un personaje delgado y rápido que estaba fuera de la pantalla. No se reconoce en esa niña alta de piernas flacas y también clara, casi pelirroja, vestida igual que sus hermanas, que se acerca a la pequeña y, en un descuido, le quita el hula hoop. Lo sostiene en las manos pero no consigue mantenerlo en la cintura. A ratos mira a la cámara. Se mueve con una elegancia de persona mayor que se ha estudiado muchas veces ante el espejo. Sus movimientos empiezan siendo suaves, y poco a poco, cada vez que el aro se le cae a los pies, se hacen más bruscos. En la pantalla da la sensación de que el aro no se sostiene porque la niña es demasiado delgada. De pequeña lloraba, reía, era una gamberra. Siempre se salía con la suya.

Cuando llega a Madrid le duele mucho la cabeza y tiene náuseas. Nunca se había mareado en un avión.

Toma un taxi y le dice al conductor que es muy urgente, que corra todo lo que pueda, pero luego, nada más arrancar, se da cuenta de que no hay tanta prisa. Ya no hay apuro porque no hay remedio, nada que hacer. El abrazo a sus hermanas puede esperar y no quiere que la vean así. Se siente tan mal que se detiene con el taxi en una farmacia de la calle Ferraz. Junto al paracetamol hay unas pruebas de embarazo.

12

Llega a Altamirano pálida y la primera sorpresa es que ese piso ya no es la casa de Mamá. Tere se lo había contado, pero no le hizo mucho caso. La decoración es moderna, sin embargo, hay algo extraño en esos cambios, algo artificial.

Se da cuenta de que ya no hay cortinas de damasco y de que Tere se ha olvidado de sustituirlas. Tampoco hay alfombras y han desaparecido los sofás de cretona. La luz que entra por los cristales es seca, fría, cortante y lo único familiar son las maderas que crujen cuando entra, aunque también eso lo hacen con un ritmo distinto, como si supieran que faltan las alfombras. Siente como si ese nuevo quejido del suelo pudiera despertar a Mamá, que a esa hora todavía duerme. Hay un aire de mudanza en las habitaciones y le parece que sus hermanas tienen mala cara.

Itziar y Tomás están sentados y cogidos de la mano en el nuevo sofá de loneta blanca. Apenas se incorporan para abrazarla, como si estuviesen pegados y algo les impidiera moverse. Hasta ahora nunca les había visto tocarse.

Siempre le ha gustado el aspecto deportivo y conservador de Tomás, su cara de buena persona coloreada por el tono rojizo de los jugadores de golf, ahora le irrita que esté tan contento, tan tranquilo, como si nada hubiera pasado. Sigue oliendo a Álvarez Gómez y su camisa de rayas azules es impecable. Le agradece el traje gris cruzado y la corbata negra, pero no le hace gracia que, nada más llegar, después de asegurarle, como un trámite, que Mamá no sufrió, le hable de que ha ganado un torneo de golf y le enseñe el Rolex que le dieron de premio.

Por primera vez su hermana le parece mayor, casi vieja. Al principio cree que es por la luz cruel que agranda sus arrugas, pero mirándola de frente se da cuenta de que lleva un jersey de cuello alto negro y que se tapa los pechos con los brazos, como cuando era pequeña. Es ese gesto infantil de vergüenza lo que la hace tan mayor. Tampoco le favorece la falda gris de tablas ni los zapatos planos. Ni que mire hacia abajo como si fuese una anciana que reza el rosario con resignación. Laura adivina que ya no lleva las bragas de encaje de La Perla que compraron juntas. Llevará bragas inmensas de algodón, de esas que se lavan con lejía y en el programa más caliente de la lavadora. Y qué más da. Qué importa eso hoy. Es el luto lo que le sienta mal, nunca había visto a Itziar de negro. En su cara hay pasmo y tristeza. Y está cansada.

Tere, en cambio, desprende energía. Ha abierto la puerta y es dueña de la situación. De pronto adopta expresiones de Mamá:

—Gloria, baje a por cruasanes y luego retírese un rato —le dice a la colombiana con el mismo tono de voz de Mamá—, usted también necesita descansar. Pero que no se pierdan las tarjetas que vienen con las flores, luego habrá que agradecerlas.

Enseguida llora un poco y el rímel se le corre cuando se pasa por los ojos el pañuelo de seda cruda con la inicial de Mamá. Hay algo nervioso y vital en su gesto, no puede disimularlo.

—No te preocupes —le dice a Laura después de darle un abrazo largo, demasiado prolongado para resultar natural—, no sufrió nada.

Por qué repiten esa frase. Qué sabrán ellos, se dice Laura, triste y a la vez indignada.

Y luego:

—Tienes ojeras pero se te ve bien, ese pecho un poco más llenito te favorece.

Laura odia los diminutivos que usa Tere. Lo ha dicho desde una falda que marca sus caderas y una camiseta negra muy escotada de donde sale un tirante negro de encaje. Muslos de Tere embutidos en la falda de raso negro de su madre demasiado estrecha para ella. Las piernas de Tere en el sofá, Tere cruza las piernas como Mamá, fuma con la boquilla de Mamá. Imagina esos muslos rozándose entre ellos cuando se levante para atender a las visitas, raspándose hasta ponerse colorados. Muslos escocidos de Tere que llorarán en el funeral y que se rozarán con las bragas inmensas de Tere.

Bragas grandes de mujer soltera, de mujer sin sexo, tan distintas de las bragas diminutas de Itziar, de las bragas francesas de encaje negro de Laura.

Tan diferentes de las bragas de seda de Mamá. ¿Se acercará al cajón antes de que lo cierren y se querrá quedar también con las bragas de Mamá? ¿Es eso lo que le escuece?

—No, no me encuentro bien, voy al baño —dice Laura mientras huye de esos pensamientos siniestros y sale de ese salón que de pronto le huele a muerto.

En el cuarto de baño de Mamá sigue su maquillaje a medio abrir, su cepillo de plata, el espejo de cristal de aumento y las pinzas que todavía guardan un pelillo gris arrancado de su barbilla. Cómo le molestaría que alguien viera ese pelo, la muerte la cogió desprevenida.

Tiene ganas de vomitar y no sabe si es el madrugón porque lleva varios días con malestar por las mañanas y somnolencia, esa telaraña que se le ha pegado a los ojos y de la que no consigue desprenderse. Lo único que necesita es dormir. Después de refrescarse saca el paquete de la farmacia. Y si fuera eso… Iñaki al despedirse le dijo que la llamaría. Como no tiene delitos de sangre, Laura espera que salga pronto.

Recuerda que le negó tres veces y eso aumenta su malestar. Él superó las tres pruebas con naturalidad, confiaba en ella, la quería. Está avergonzada, ahora que no está con él es cuando más fe tiene en su inocencia, pronto acabará la pesadilla.

—¿Quieres una tila, un té? Antes de que empiece a llegar la gente, tengo que hablar con las dos —dice Tere acelerada.

Tiene el pelo un poco cardado y se ha dado laca. La habrá cogido del cuarto de Mamá, piensa Laura. Ella tiene la melena rubia, brillante, peinada por su peluquero de Bruselas. El *brushing* se transparenta en sus rizos naturales, pero ni el baño de hidratación, ni los masajes, ni los *peeling* o las inyecciones de vitaminas consiguen hacer de su rostro una pantalla impenetrable. Está cansada, rota. Mientras, Tere toma el té sorbo a sorbo, se come los bollos y la coge de la mano.

—A ver si viene Itziar. Por favor, apóyame, piensa en todo lo que he hecho estos años por Mamá —insiste Tere apretándole los dedos.

Laura no la escucha. No pudimos despedirnos, piensa. Cuando vinieron a detenerle no estaba en casa.

Pero le dejó una nota, como un testamento:

«Te llamo en cuanto pueda. Piensa que te quiero, que siempre te he querido».

Las vecinas le dijeron que estuvieron sitiados por la policía, que todo fue muy rápido, que no hubo violencia. Él se entregó sin resistirse, por eso sabe que la llamará. En el periódico dijeron que es sólo un colaborador. No le acusan más que de ese delito. A saber si no es una confusión. Seguro que sale pronto. Espera su llamada y quiere localizar a su abogado. Y ahora también espera que la tira de la prueba se tiña de oscuro.

Gloria ha sacado el juego de té de plata, las tazas de Limoges y la bandeja enorme de plata, grabada con el escudo familiar, de las meriendas de antaño. En una fuente redonda con tapa están los cruasanes calientes y hay mantequilla y la mermelada de naranja amarga que le gustaba a Mamá. Todo reluce como si hubiera estado preparado para la ocasión. Un desayuno que Laura no necesita. Sigue teniendo náuseas. Tere les ha servido el té y cuando Itziar se sienta hace un silencio teatral y termina de ponerles el azúcar. Después de otra pausa y de una mirada llena de lágrimas y de compasión por sí misma, les declara con solemnidad que quiere quedarse en Altamirano.

—Siempre he vivido aquí. No quiero irme y menos ahora que Sánchez y yo nos vamos a casar. Os haré una oferta. Sánchez sabe de pisos, es su trabajo.

Mientras lo dice mordisquea un cruasán y las migas se le quedan en las comisuras de la boca, que se abre con un suspiro.

267

A Laura le sorprende que llame Sánchez a su novio. Ha quitado el «señor» con el que siempre lo precedía, pero todavía no se atreve con el nombre de pila. Al ver su expresión, Tere le aclara:

—En la oficina todos le llamamos así. Se me hace raro llamarle por su nombre.

A Laura le sorprende también la nueva inflexión de su voz, tan segura y tan parecida a la de Mamá. Como un niño que en unos segundos es capaz de empezar a andar con la seguridad de los adultos. Hace días le contó que ahora es la segunda en la oficina, «Adjunta a la Dirección General», pero entonces hablaba como si todavía no se lo creyese. Hoy no.

A Laura le parece obsceno que ni siquiera haya esperado a que entierren a Mamá para plantear lo del piso.

Ahora están solas porque Tomás ha bajado a la calle a tomarse un café. Y a contarle al del bar que ha ganado un Rolex en el golf, piensa Laura.

Itziar, que ha estado en silencio, de pronto explota:

—Pero ¿eres tonta?, ¿todavía crees a los hombres? Se nota que apenas los has catado.

—Estás amargada —dice Tere—. No me extraña que Iñaki te dejara.

—¿Cómo? —dice Itziar—. Pero ¿qué sabrás tú?

En ese momento suena el timbre y es Sánchez vestido con un traje de franela oscura que le está estrecho, camisa blanca y corbata negra. Tere se le abraza durante demasiado tiempo y llora y le llena el hombro de migas y de lágrimas. Luego le pregunta si quiere desayunar, ha hecho un bizcocho y le ha salido buenísimo. Laura lo oye como una súplica. Tere desea ser útil en estos momentos trágicos y, en cuanto ha visto a Sánchez, ha recuperado el tono servil, adulador al que están acostumbradas en esa casa. Como con Mamá, como cuando Mamá, ayer, vivía.

Ahora tiene la nariz muy hinchada y la cara muy roja y Laura se acuerda de ese primer plano de la película de Papá. También observa a Sánchez, no son tan distintos, y nota que se siente incómodo cuando se hunde en el sofá con las tres hermanas porque se da cuenta de que ha interrumpido algo y que le va a costar un esfuerzo levantarse y salir del hueco profundo de esos almohadones.

Pero ya está aquí el portero.

—Cómo la voy a echar de menos. Con lo que le gustaba a la señora charlar conmigo. Estaba tan sola. Ayer mismo, cuando subí a por la basura, me enseñó el periódico. Fue ella la que lo consiguió, la que fue a declarar a la policía, la que les forzó a que investigaran. Qué carácter. Qué fuerza tenía esa mujer. Menos mal que el tipo ya está en chirona. Pero a ella el disgusto le afectó al corazón, vaya si le afectó. Ya ve usted.

Laura se levanta. Le acaba de dar otra arcada y ha estado a punto de vomitar sobre la loneta blanca del nuevo sofá.

En el cuarto de baño mira la tira de cartón y le parece que está más oscura. Pero han pasado sólo unos minutos y es imposible…

Se empieza a encontrar mejor. De pronto se da cuenta de lo que significa y de que tiene muchas ganas de tenerlo. Eso la uniría para siempre con Iñaki. Y sería un hijo del amor y del placer, se dice, como si estrenase una nueva personalidad. Se imagina ya con una tripa enorme y empujando un carrito de bebé por el parque que hay delante de su apartamento en Bruselas. Y tiene a Iñaki a su lado.

Se me caerán las tetas, me saldrán manchas en la cara, perderé la figura, me da igual. Al volver a Bruselas va a vaciar todos los armarios.

Cuando sale del baño pasa delante de la cocina, le apetece beber un poco de agua, pero oye una voz que habla en murmullos y ve a Sánchez encerrado en la despensa con el móvil:

—Sí, cariño, será sólo un rato. Sí, cariño, ya voy, no te preocupes. A IKEA o a donde quieras. Prepara a los niños que enseguida voy a buscaros. Está muy afectada. Sí, una pesadez, enseguida acabo.

Laura se esconde para que no la vea y le da rabia que Itziar tenga razón, que algunos tíos sean unos cabrones, unos indeseables. Y al mismo tiempo se pregunta por esa actitud nueva de Itziar. Esas frases cortantes, escépticas, crueles.

Tere se lo dice cuando vuelve al salón:

—Cada vez tienes peor cara. Y tienes las medias rotas. No pareces tú. Ponte un poco de colorete antes de que lleguen las visitas. Y otras medias. ¿Cogemos las de Mamá?

Y es verdad. Hay algo en ella que no es ella. Y es que su congoja por la muerte de Mamá la tiene trastornada. O será eso. Pero en esa nueva capacidad de llorar hay algo de esperanza. Ahora está segura de que está embarazada.

Iñaki la va a llamar, la va a llamar, la va a llamar.

Entran en la habitación de Mamá, en el primer cajón de la cómoda las medias están ovilladas por parejas. Cuando Tere saca un par negro para dárselas a Laura, del ovillo se desprende un brillo de rubíes y diamantes.

Una pantera exquisita, de mirada sangrienta, las hiere en los ojos.